JAN SWINKELS: DER ENTKLEIDETE HOLLÄNDER / THE UNDRESSED DUTCHMAN

DER ENTKLEIDETE HOLLÄNDER
THE UNDRESSED DUTCHMAN

Fotografien

von

photographs

by

JAN SWINKELS

JAN SWINKELS:
Der entkleidete Holländer / The Undressed Dutchman
Copyright © 1989 Verlagsgruppe Vis-à-Vis,
Postfach 30 30 06, D-1000 Berlin 30
Die 1. und 2. Auflage erschien 1988 bei
borderline/Verlag Norbert Kosmowski, Berlin.
Reprografie, Satz und Koordination der Herstellung:
Eiling & Roth, Oberkaufungen
Printed in Germany 1989

ISBN 3-924040-75-3

Inhalt / Contents

Vorwort/preface 7
Fotografien/photographs 9
    George van der Hoeven .... 9 – 14
    Maarten Fluit .... 16 – 19
    Michel Verbeek .... 21 – 25
    Sep van Kampen .... 27 – 31
    John Hartman .... 33 – 43
    Peter Slaats .... 45 – 52
    Leo van Domburg .... 54 – 55
    Robert Jan Rutgers .... 56 – 57
    Flavio Basileo .... 59 – 62
    Erik Rollenberg .... 63 – 71

Vorwort

Jan Swinkels ist in den Niederlanden ein bekannter Theaterfotograf und Grafik-Designer.

Er arbeitet für Produzenten und Regisseure im klassischen Sektor (Oper, Ballett, Konzert und Theater) und im modernen Showgeschäft (Musicals, Ein-Personen-Shows).

Die Zusammenarbeit mit niederländischen Sängern, Tänzern und Entertainern auf und hinter der Bühne als ihr Fotograf und PR-Designer wird ergänzt durch seine Tätigkeit als ihr »privates Auge«, als ihr Porträt-Fotograf.

Swinkels arbeitete auch in Londons West-End und am Broadway in New York.

Seine Fotografien wurden häufig in den Niederlanden ausgestellt.

Der Fotograf lebt im Süden Hollands in einem alten ausgebauten Bauernhaus. Die größte Gay-Zeitung Europas, »De GAY Krant«, ist dort, ganz in der Nähe, ebenfalls angesiedelt. Die Herausgeber der Zeitung baten Jan Swinkels vor einiger Zeit, einiges an Männerfotografie für ihre Rubrik »Diesen Monat« beizutragen, eine Seite, für die Leser der »GAY Krant«, sowohl Schwule, als auch solche, die es nicht sind, Modell standen.

Für Swinkels ist die Akt-Fotografie eine Nebenbeschäftigung, aber er hatte Freude daran, diese exklusiven Beiträge zur »GAY Krant« beizusteuern. Niemand von den Burschen und Männern, die sich für die Foto-Sessions anboten, war ein professionelles Modell, und die meisten von ihnen hatten dergleichen vorher nicht getan.

Für und mit **borderline** hat Jan Swinkels jetzt eine Auswahl aus seinen Aufnahmen von einfachen, »alltäglichen« Holländern ausgewählt, Holländer, die sich vor seiner Kamera ihrer Hüllen entledigten und sich darboten.

Preface

Jan Swinkels is a well-known theatre photographer and graphic designer in the Netherlands

He works for producers and directors in the classical genre (opera, ballet, concert and plays), and in nowadays show-business (musicals, one-man shows).

Swinkels is the photographer of Dutch singers, dancers and entertainers on stage and backstage, doing their PR-design and photography or being their »private eye« portrait-photographer.

He also worked in London's West-End and on New York's Broadway.

His photographs were often exhibited in the Netherlands.

Jan Swinkels lives in a farm house in the south of Holland. Europe's largest gay magazine »The GAY Krant«, is also settled there, nearby. Editors of »The GAY Krant« asked Jan Swinkels to do some male photography for their column »This Month«, a page for which readers of »The GAY Krant«, both gay and straight, stand model.

For Swinkels nude photography is a side-line activity, but he was happy to make an exclusive contribution to »The GAY Krant«. None of the men and boys that volunteered to pose are professional models, and most of them never modelled before.

For and with **borderline** Jan Swinkels has made jet a selection out of his photographs featuring ordinary every-day Dutchmen who undressed and performed before his camera.

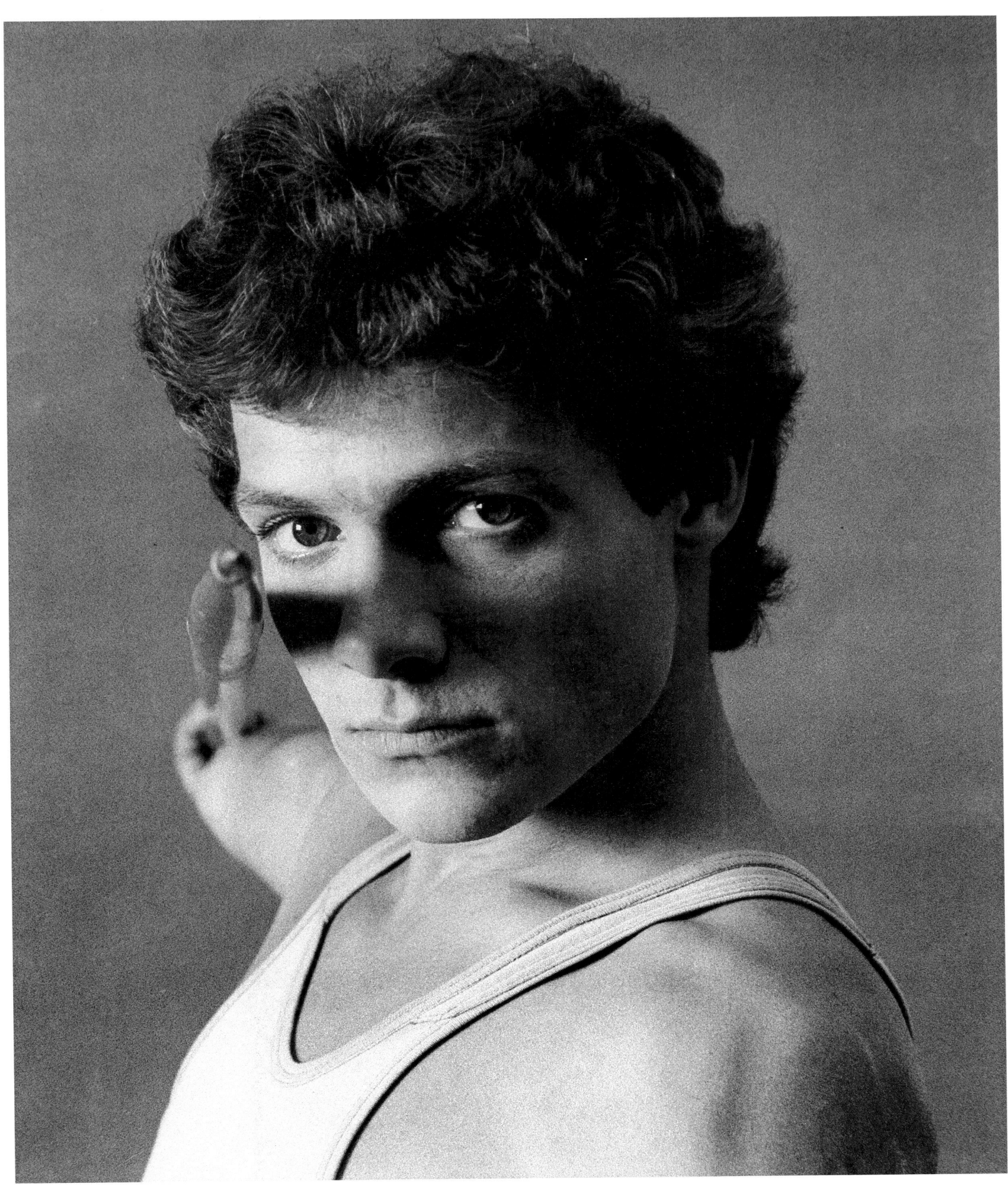

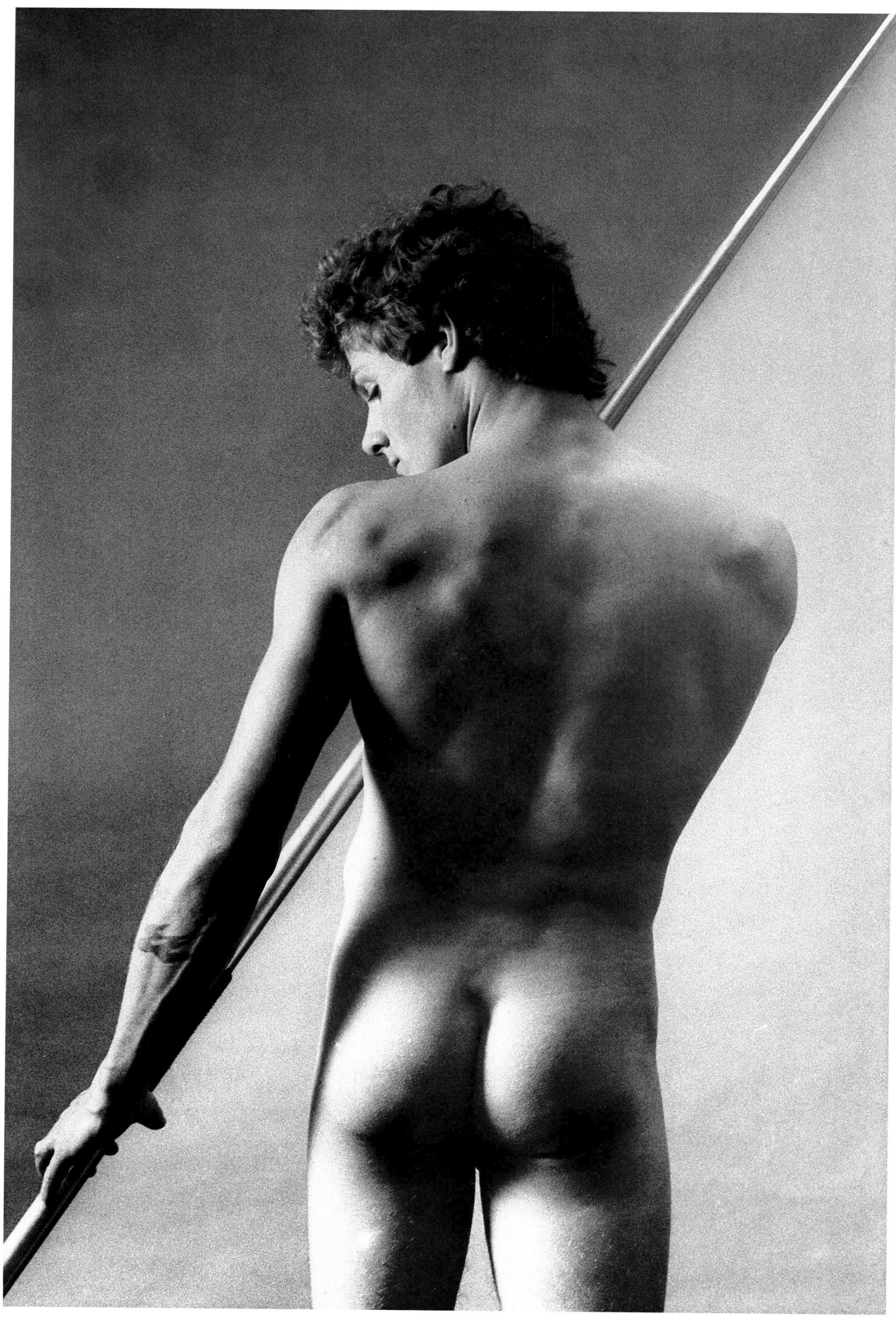

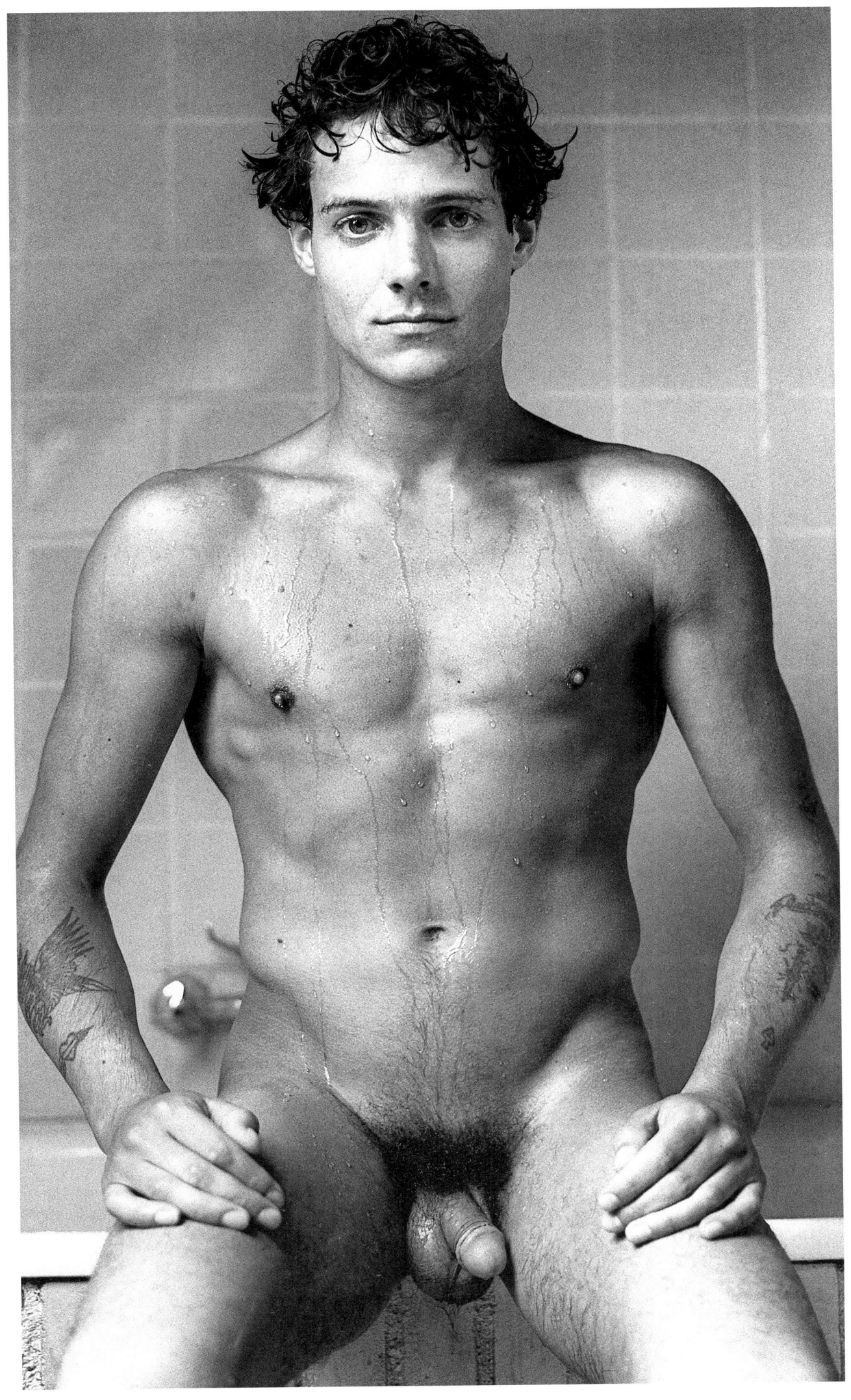

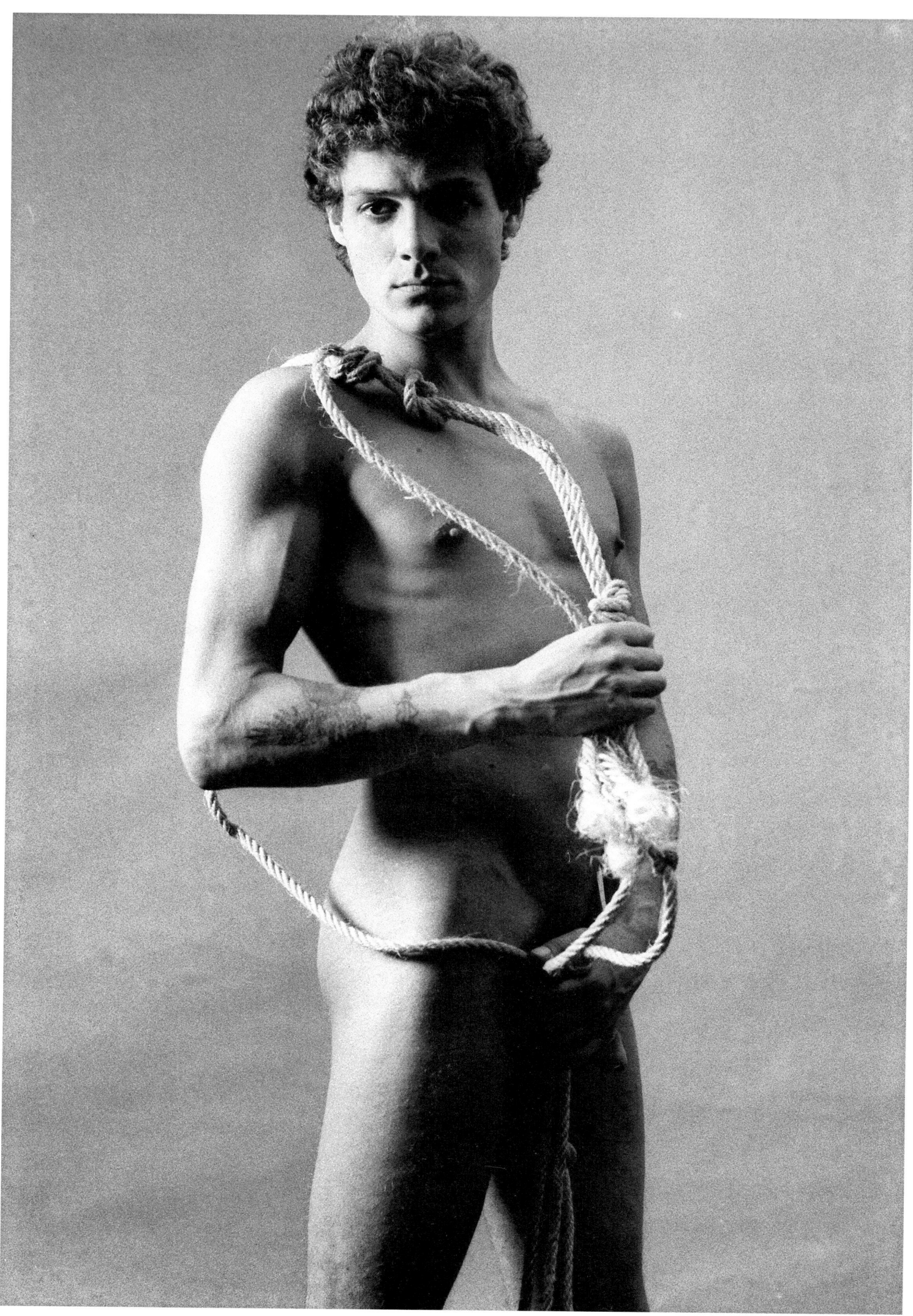

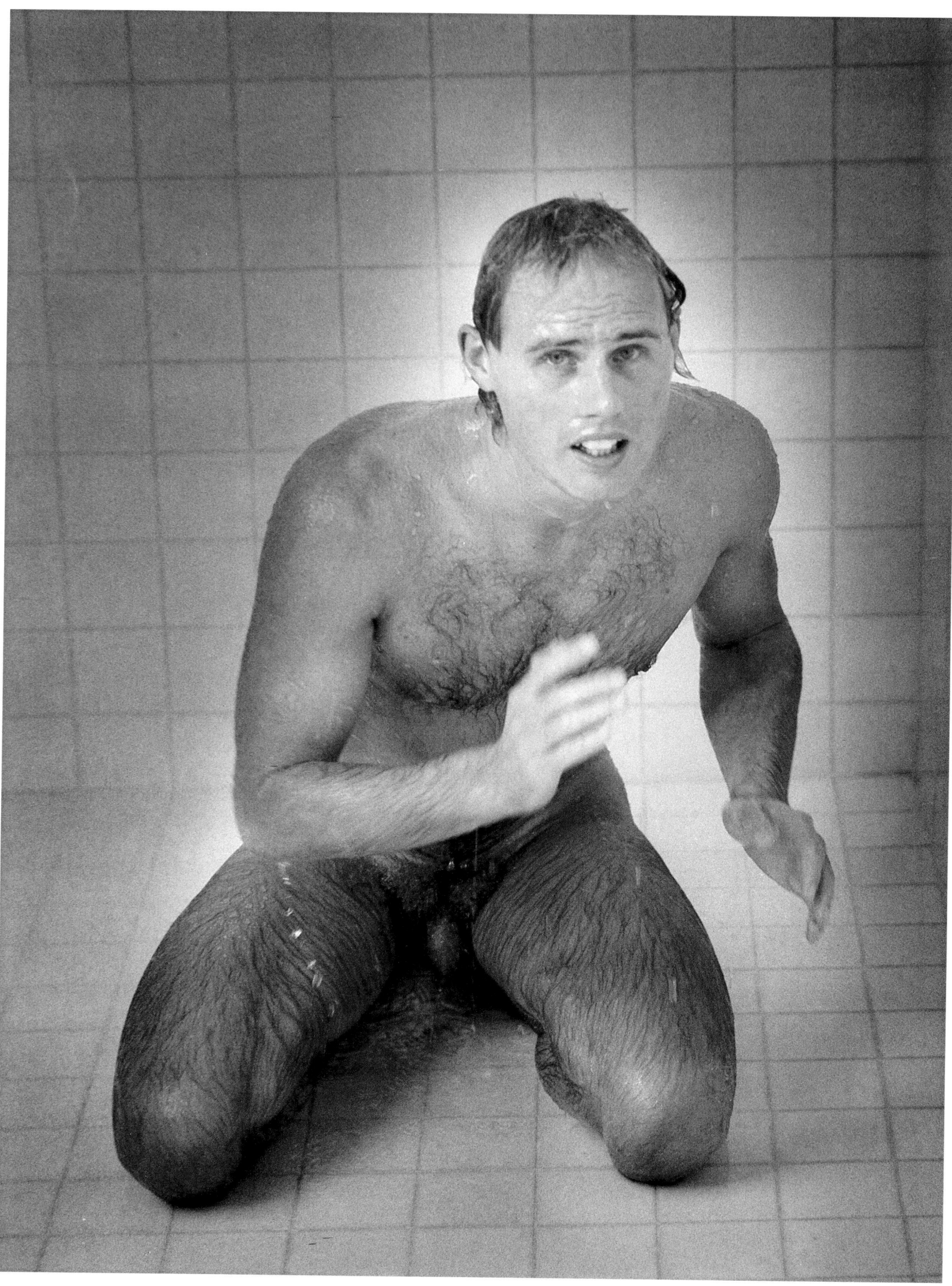

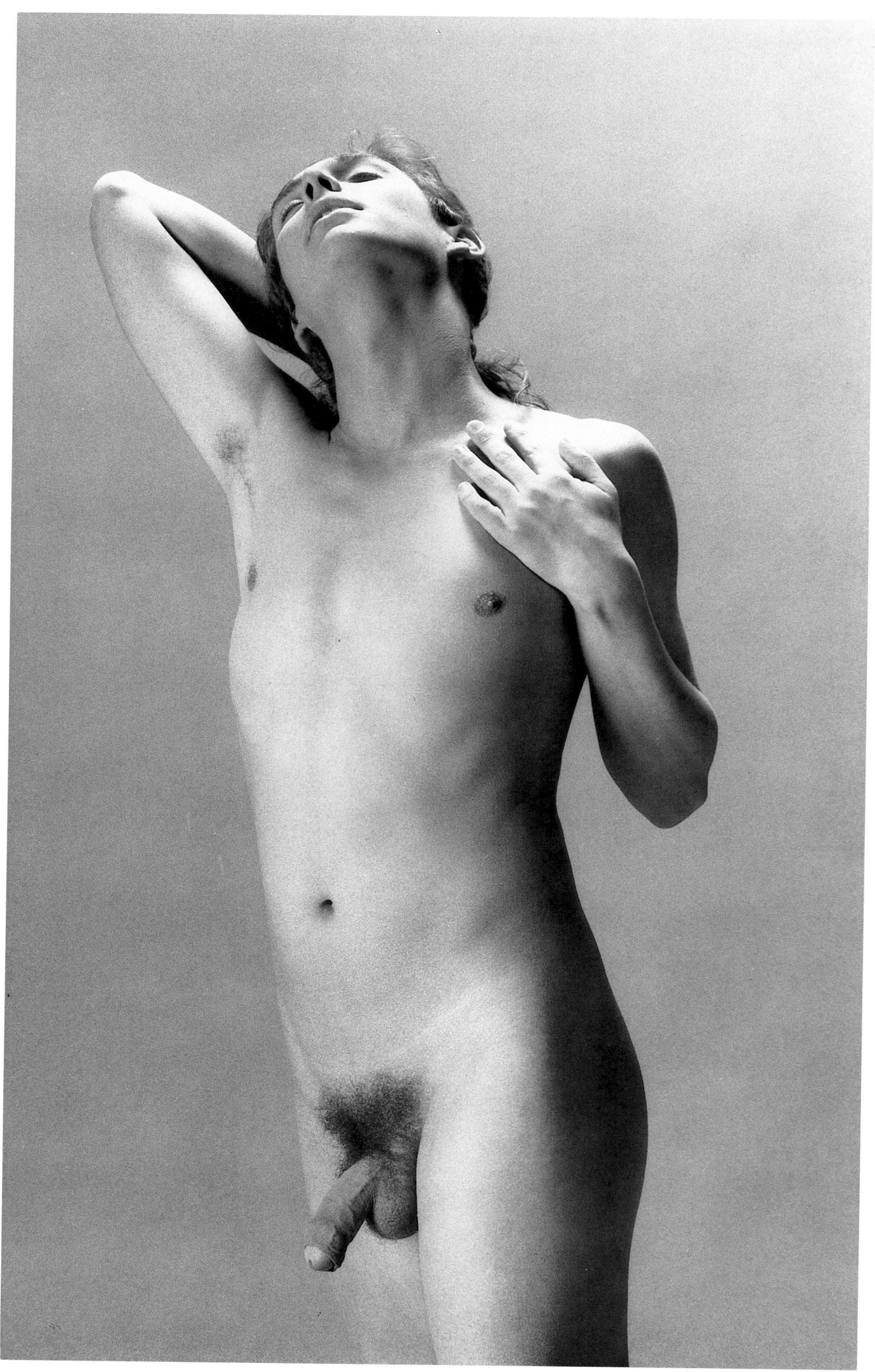

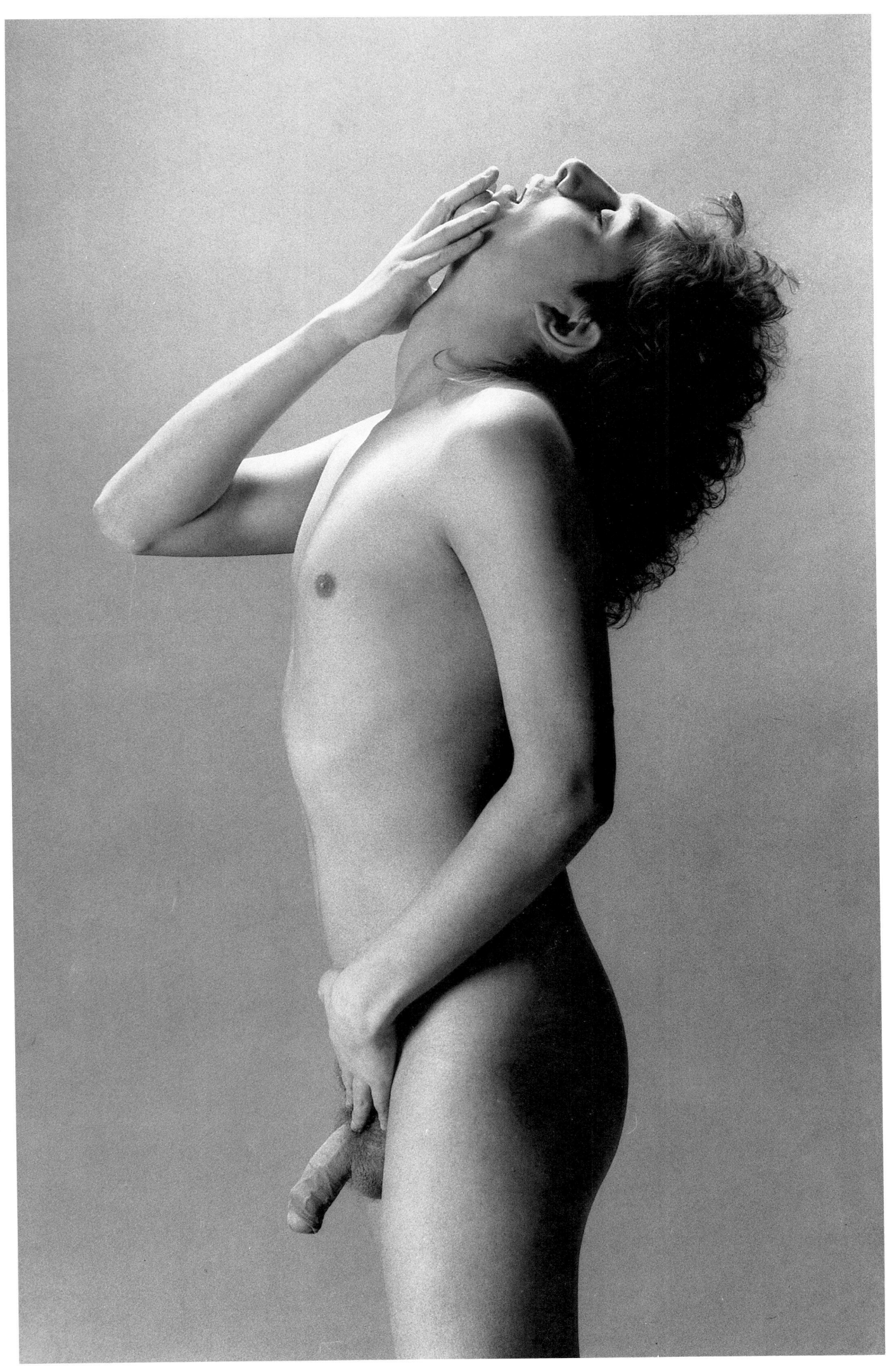

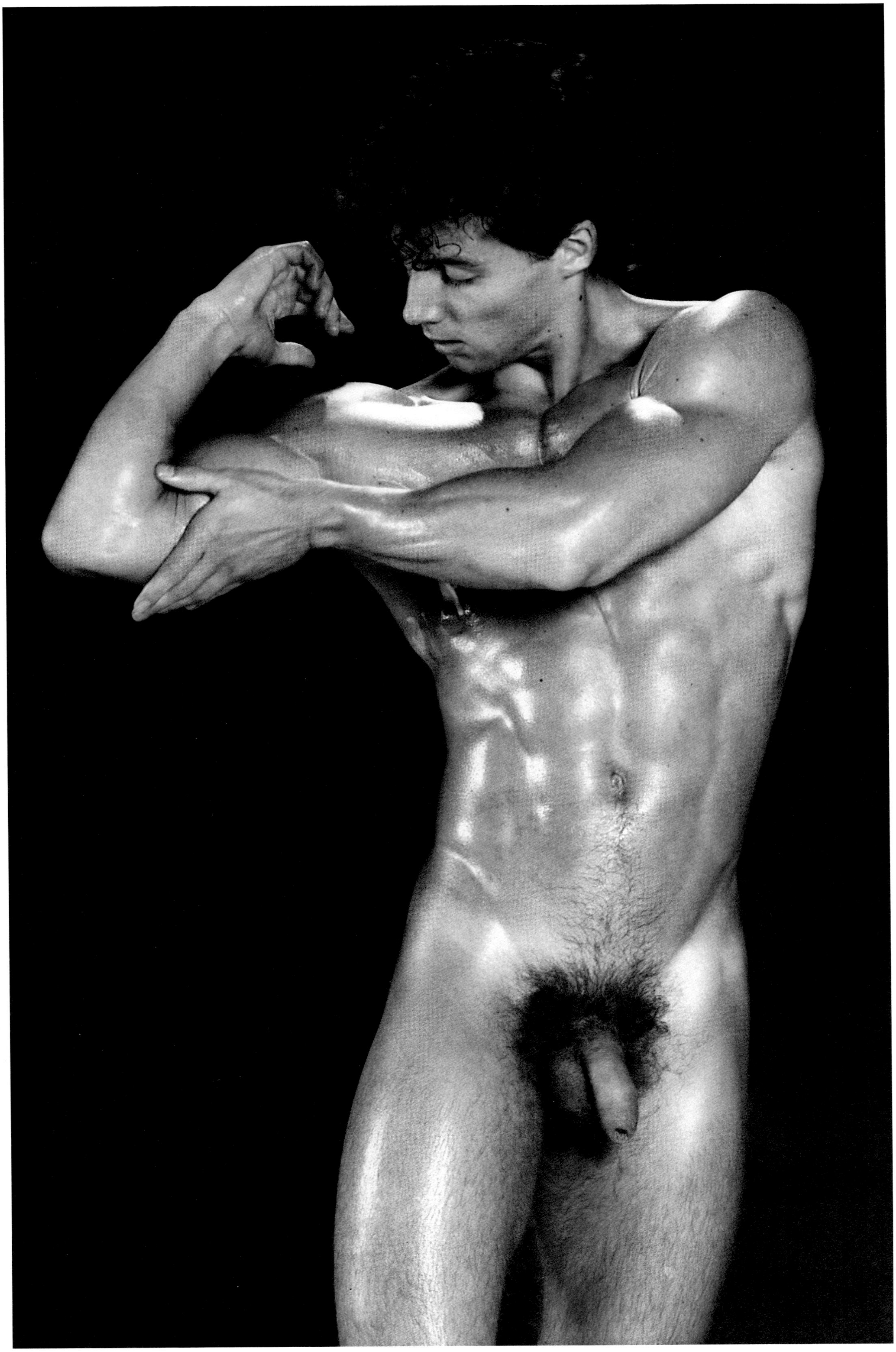

38

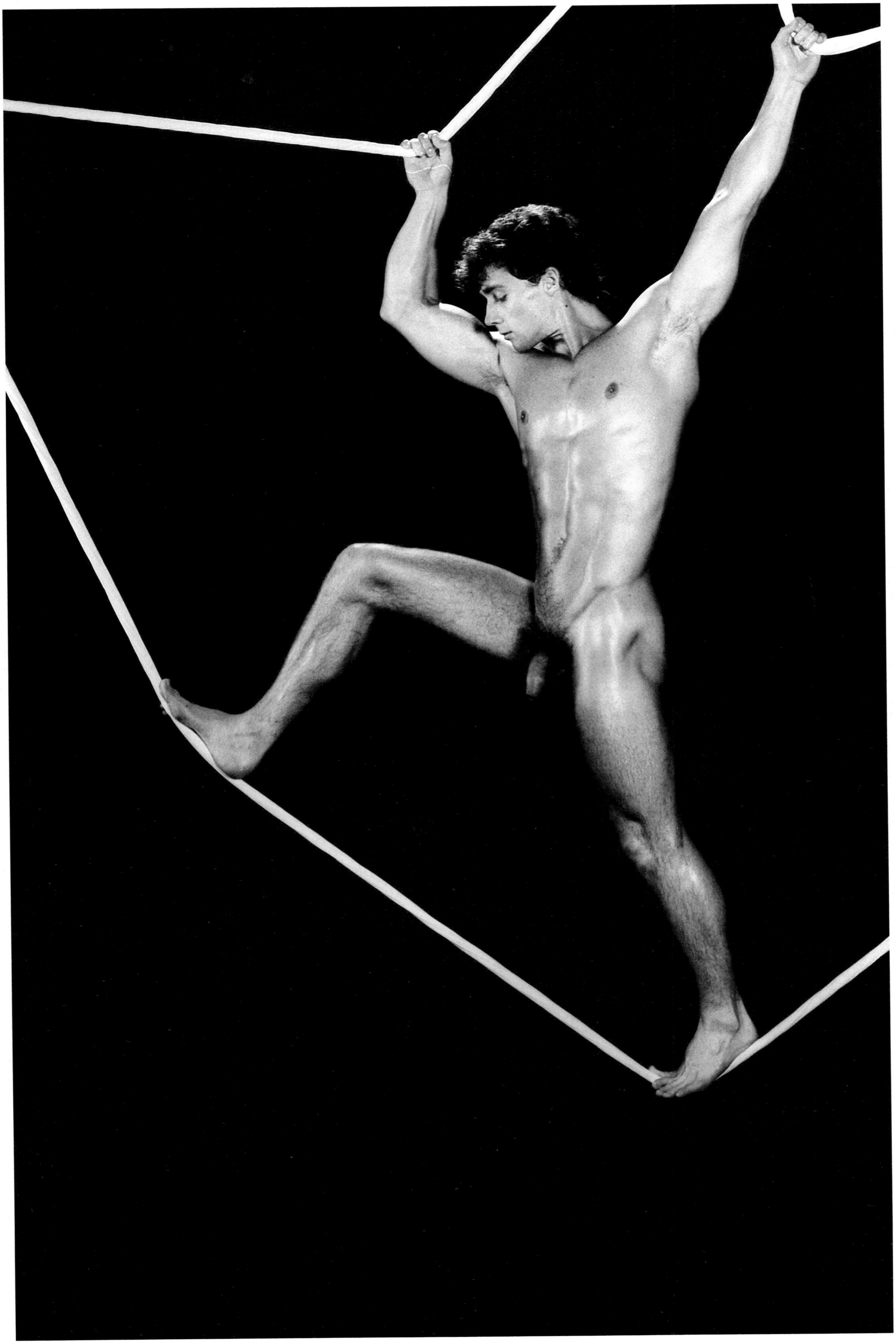

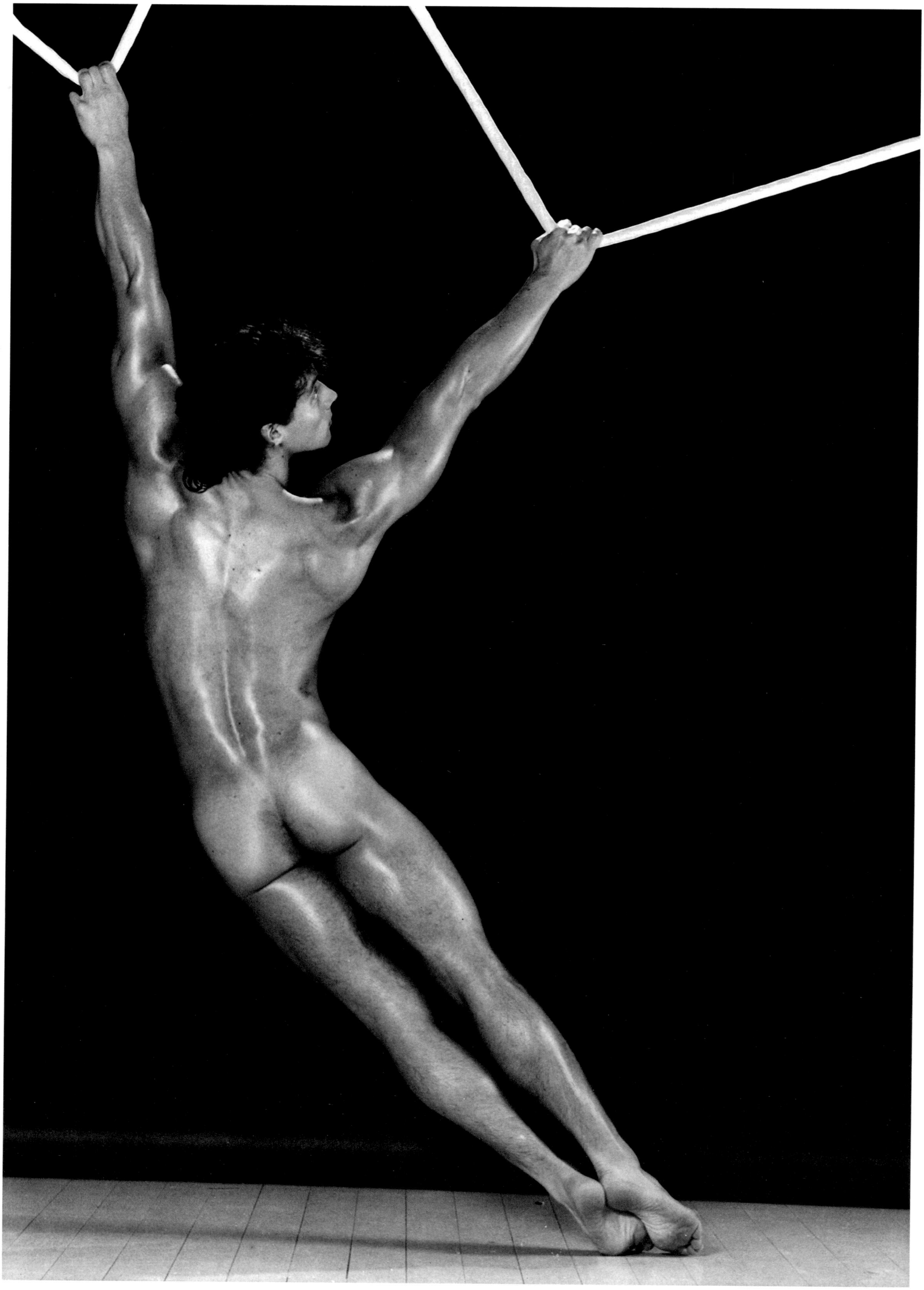

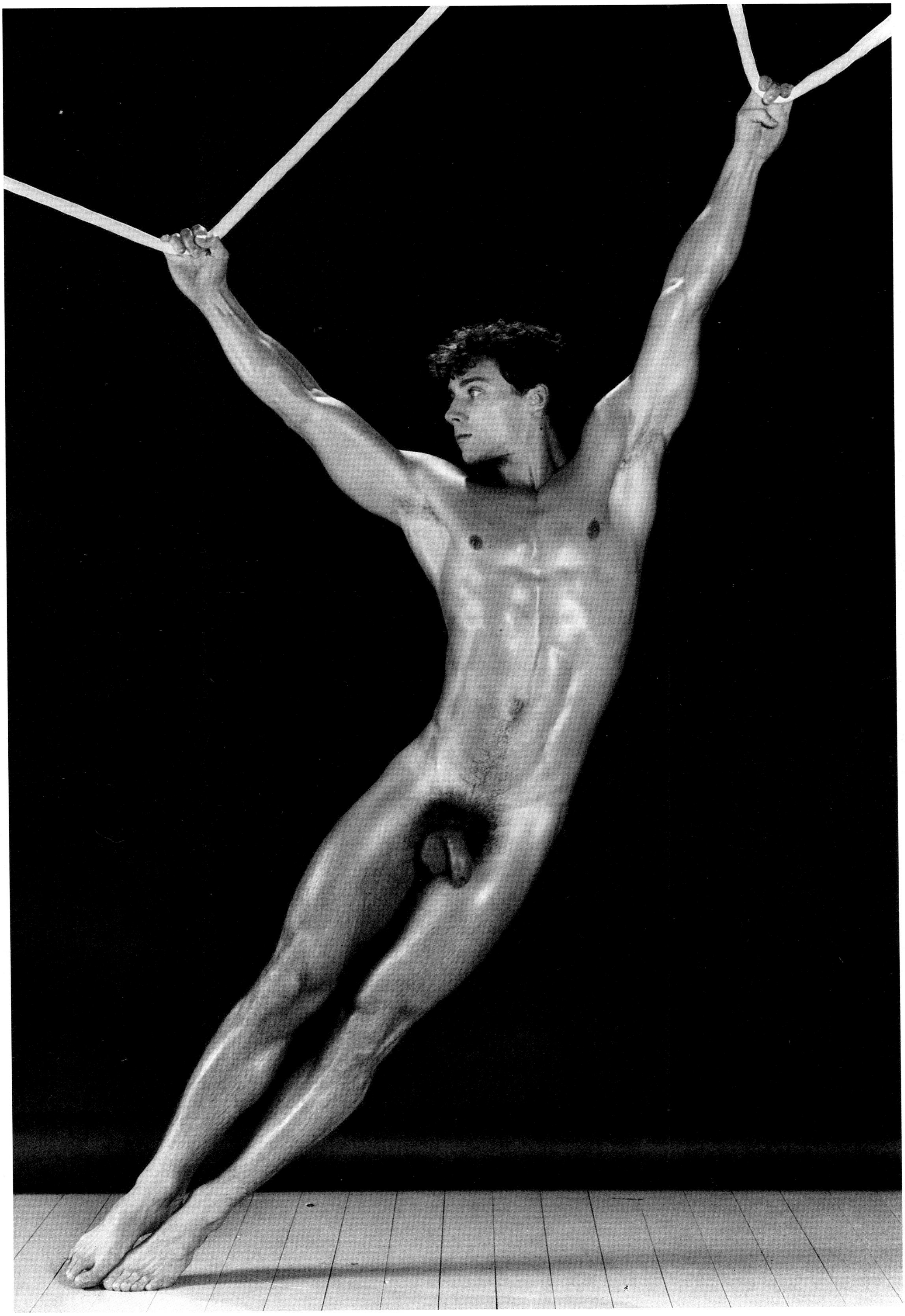

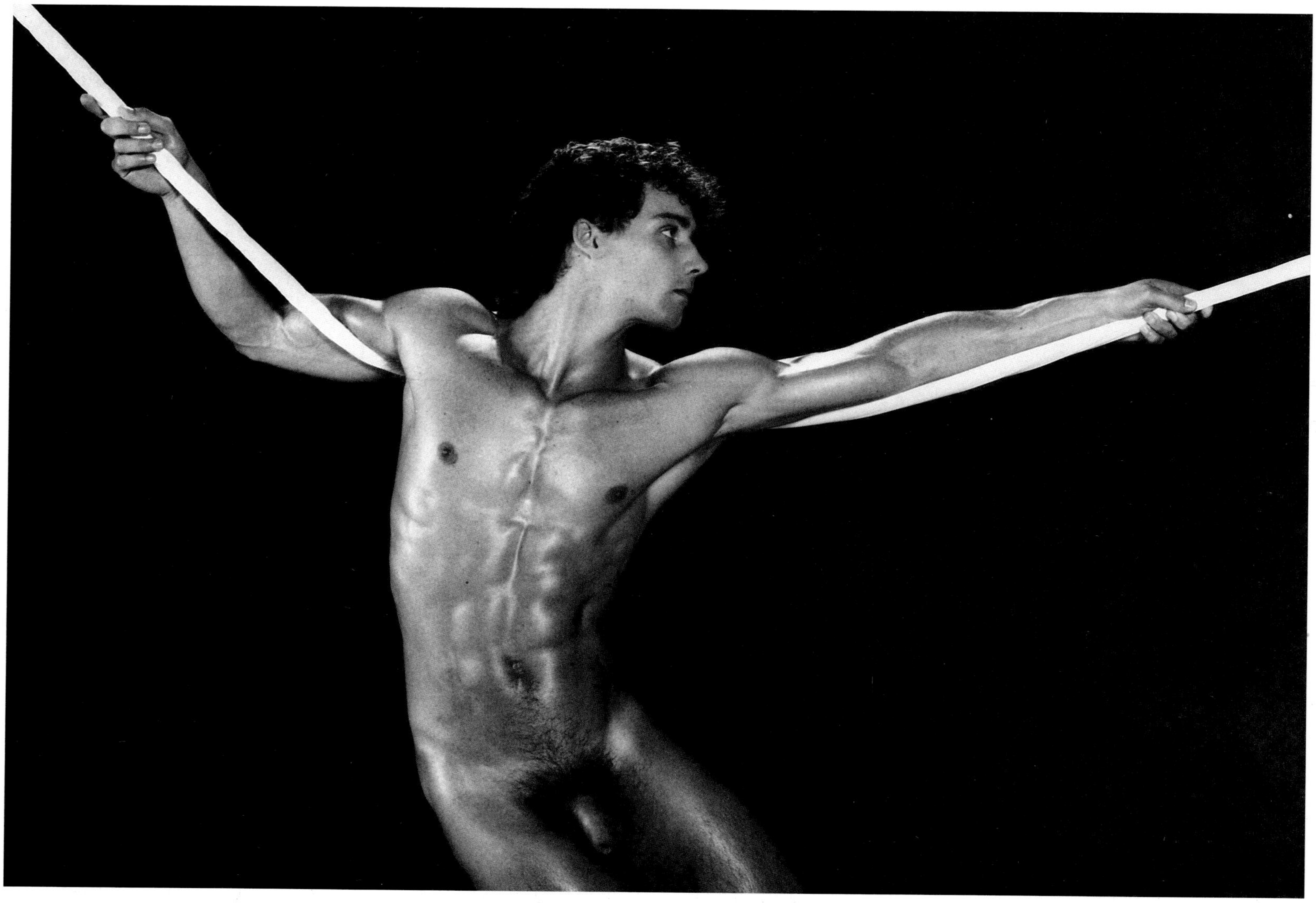

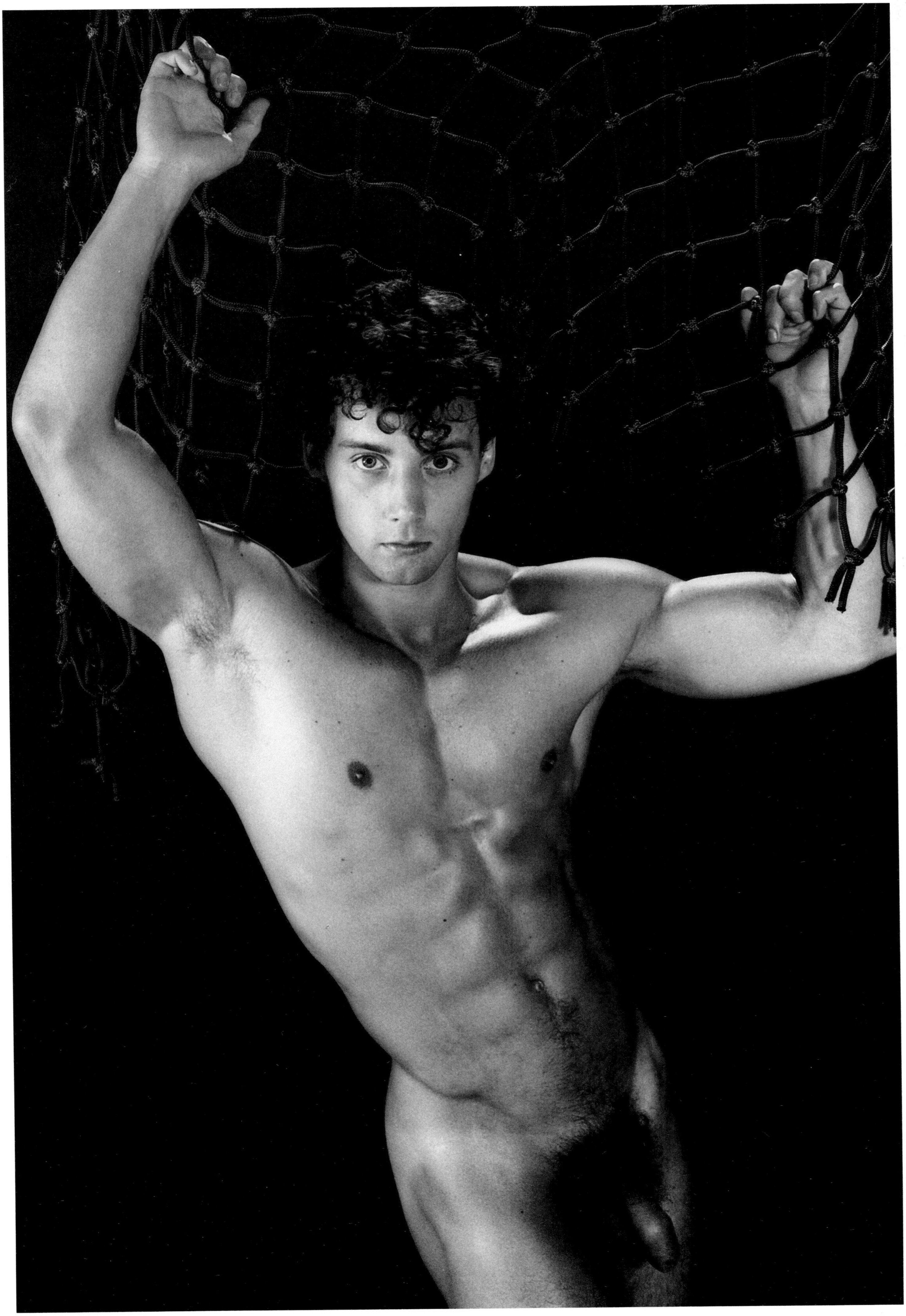

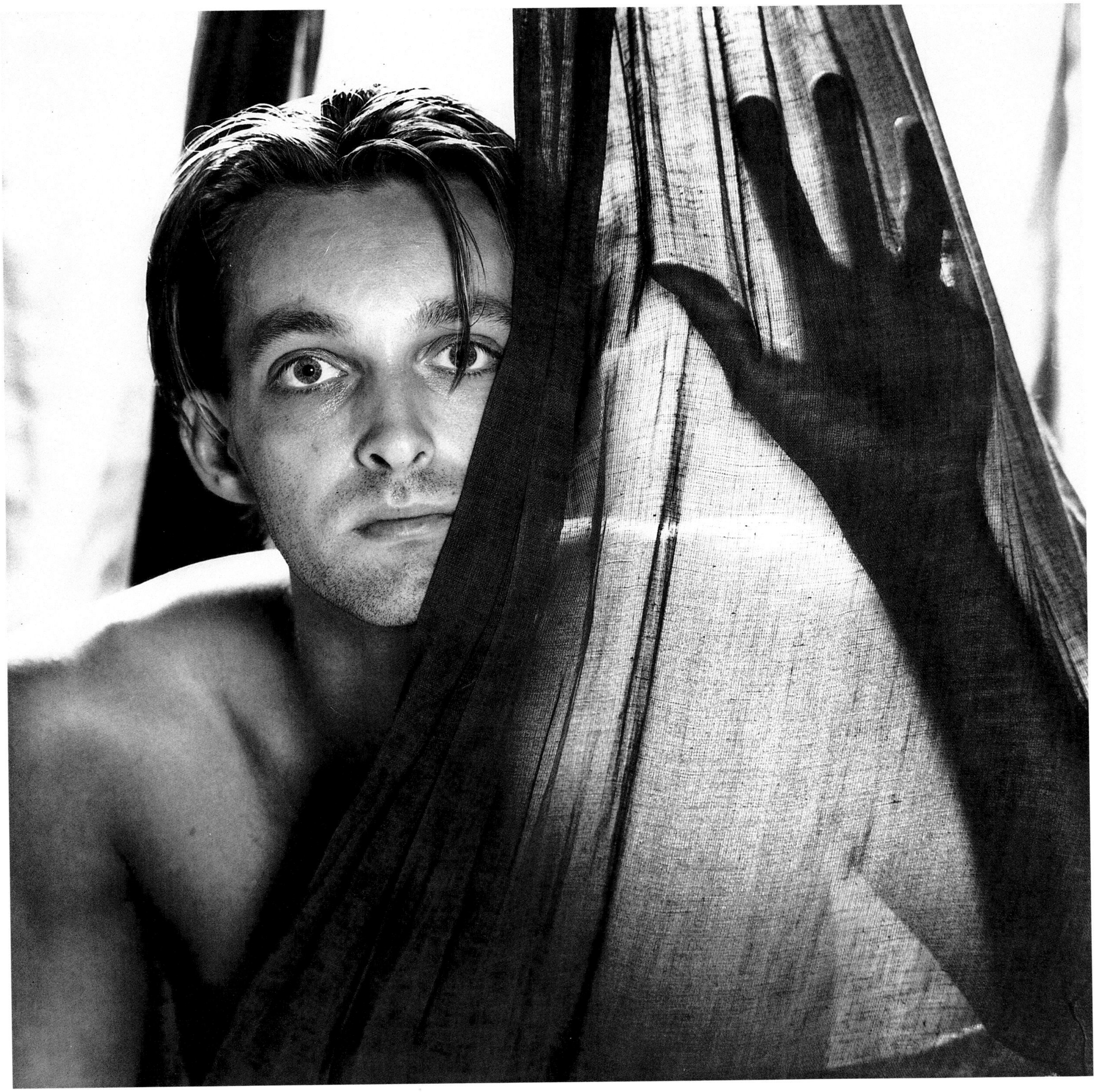

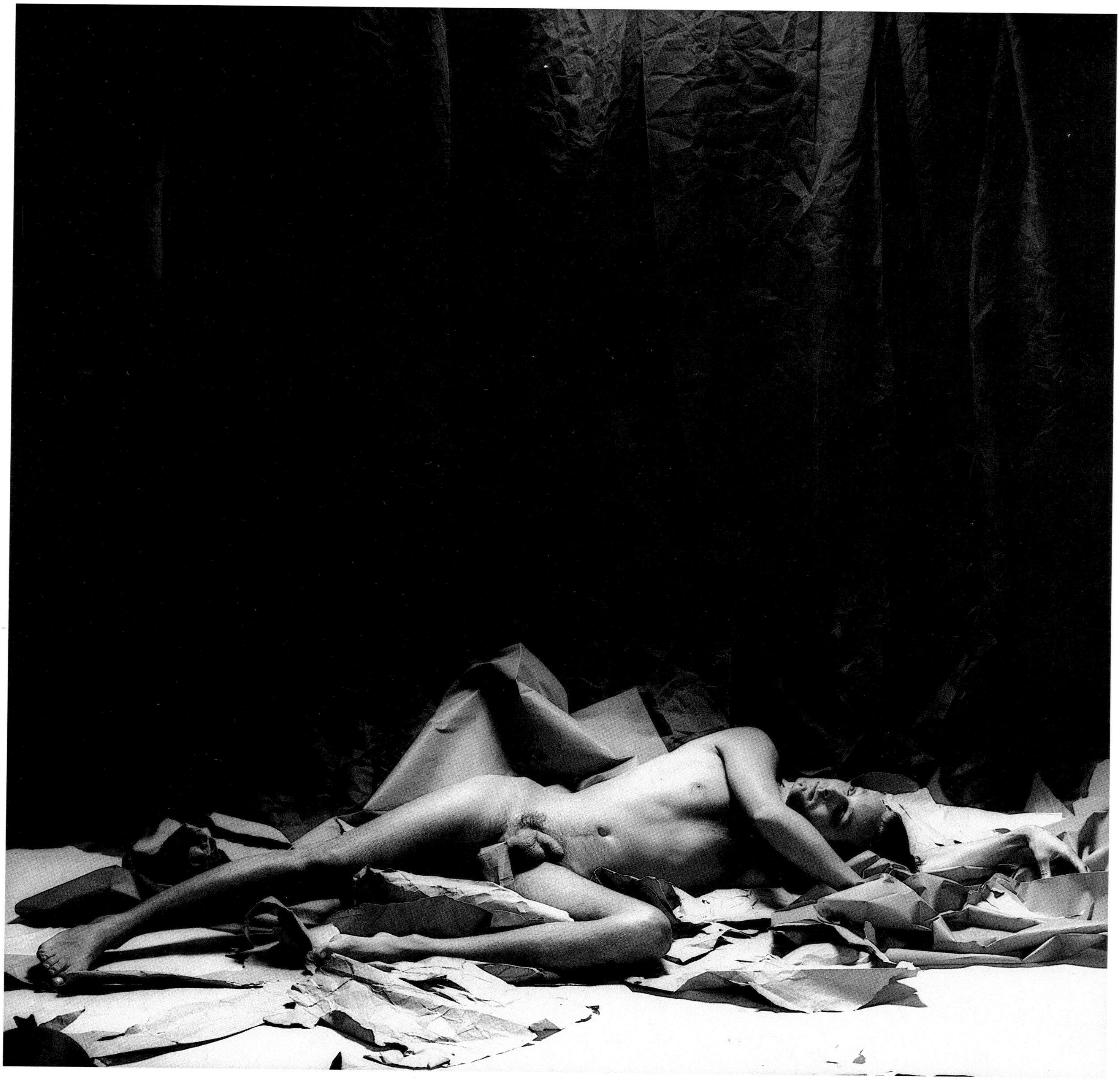

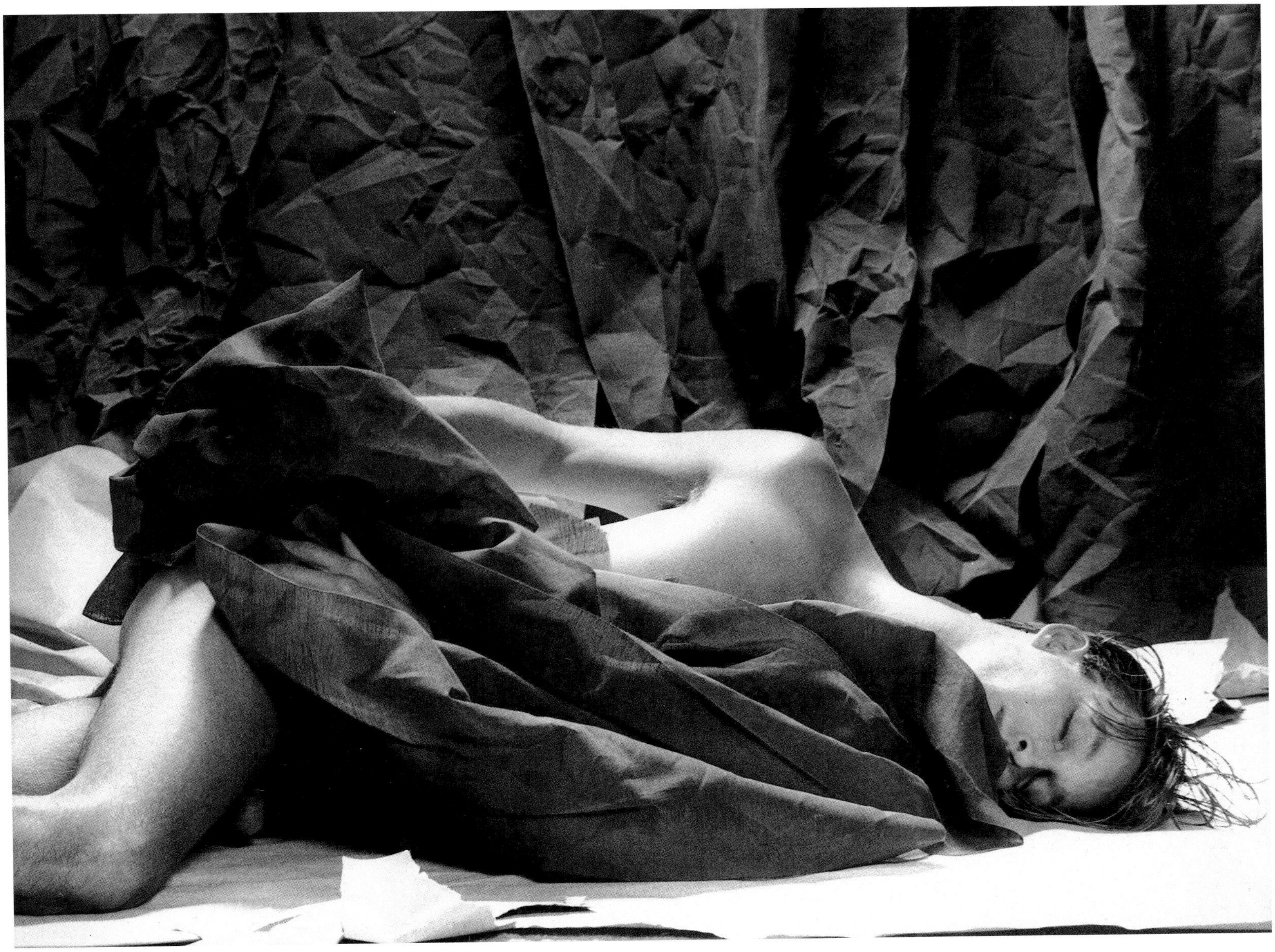

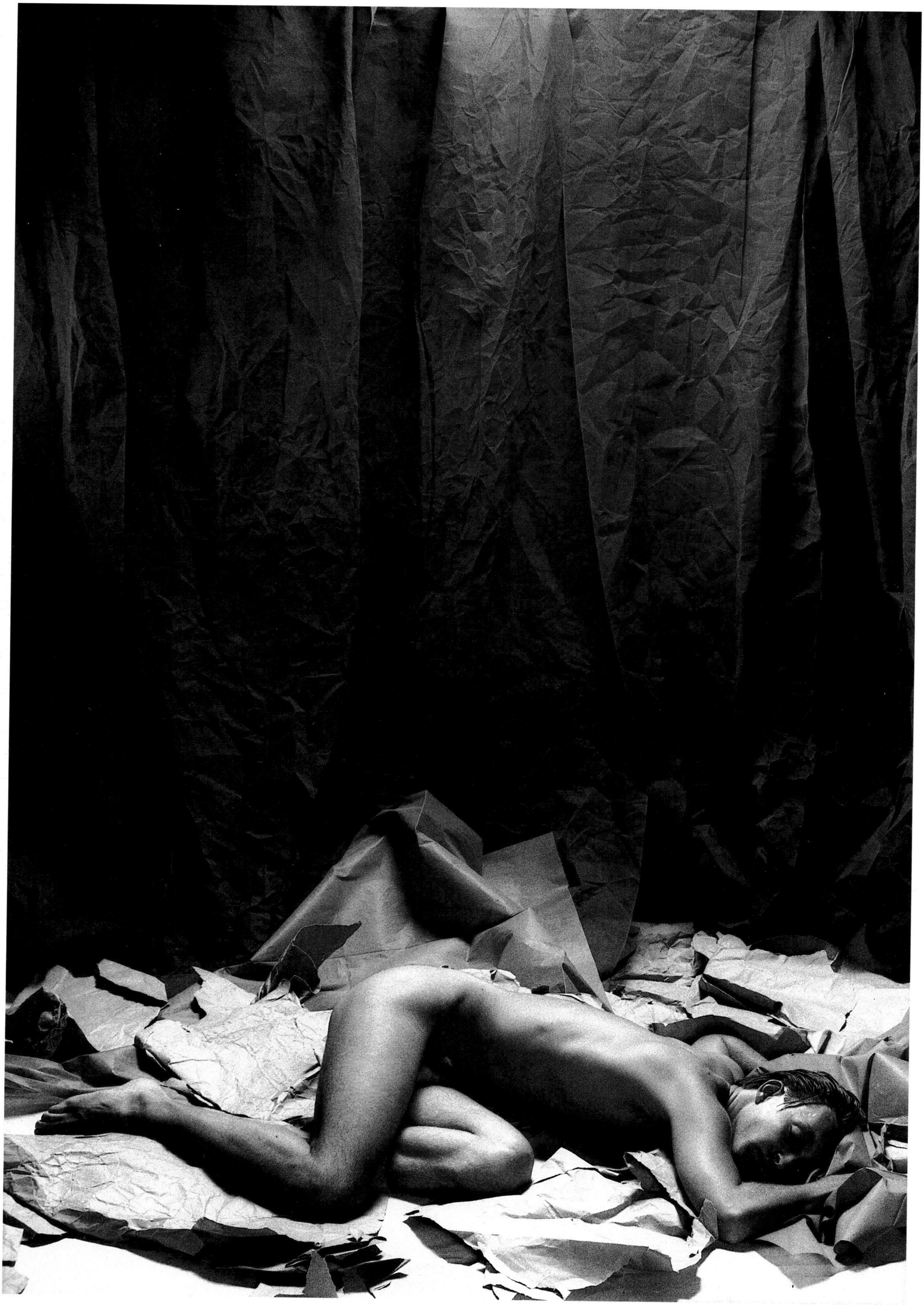

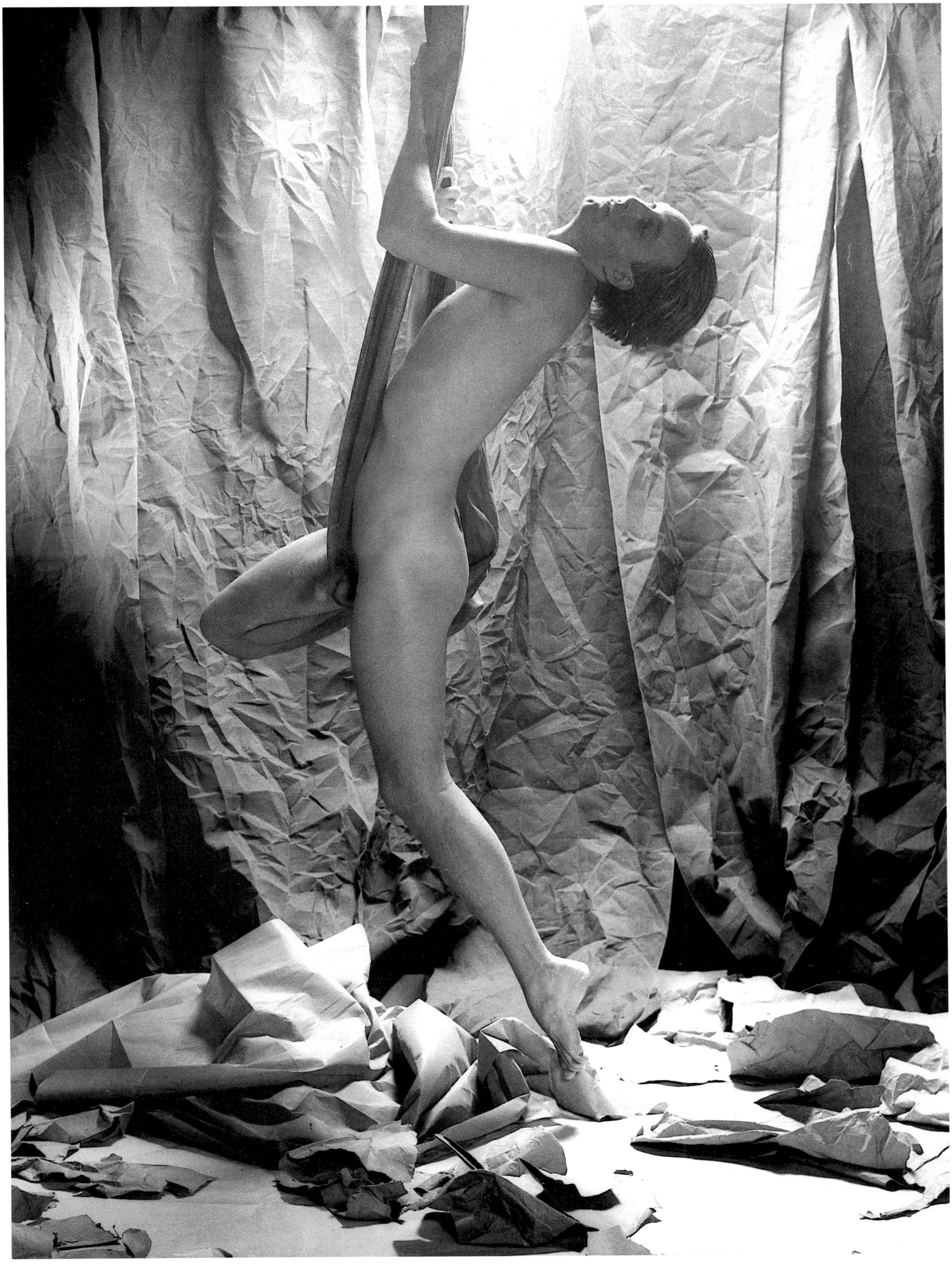

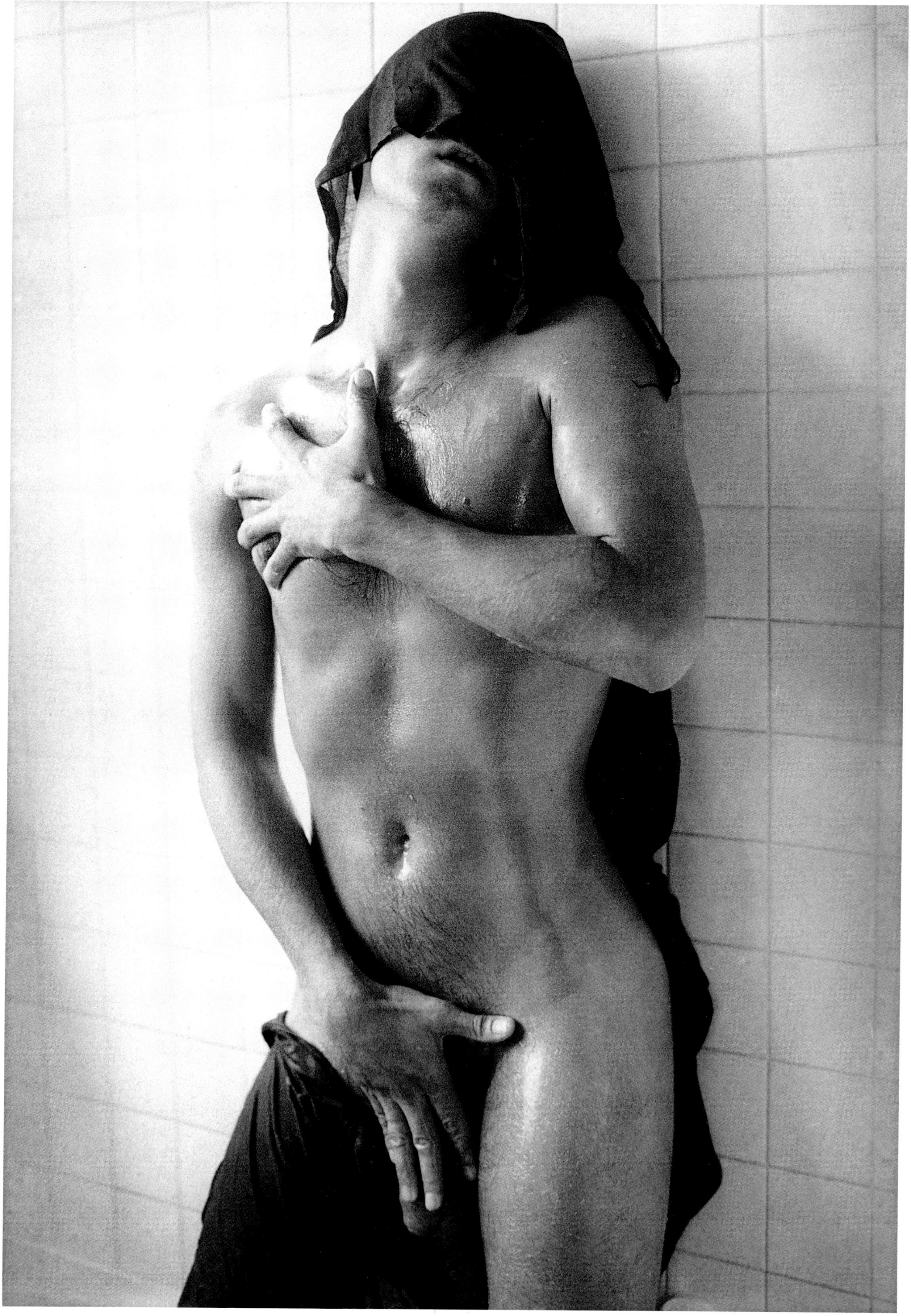

51

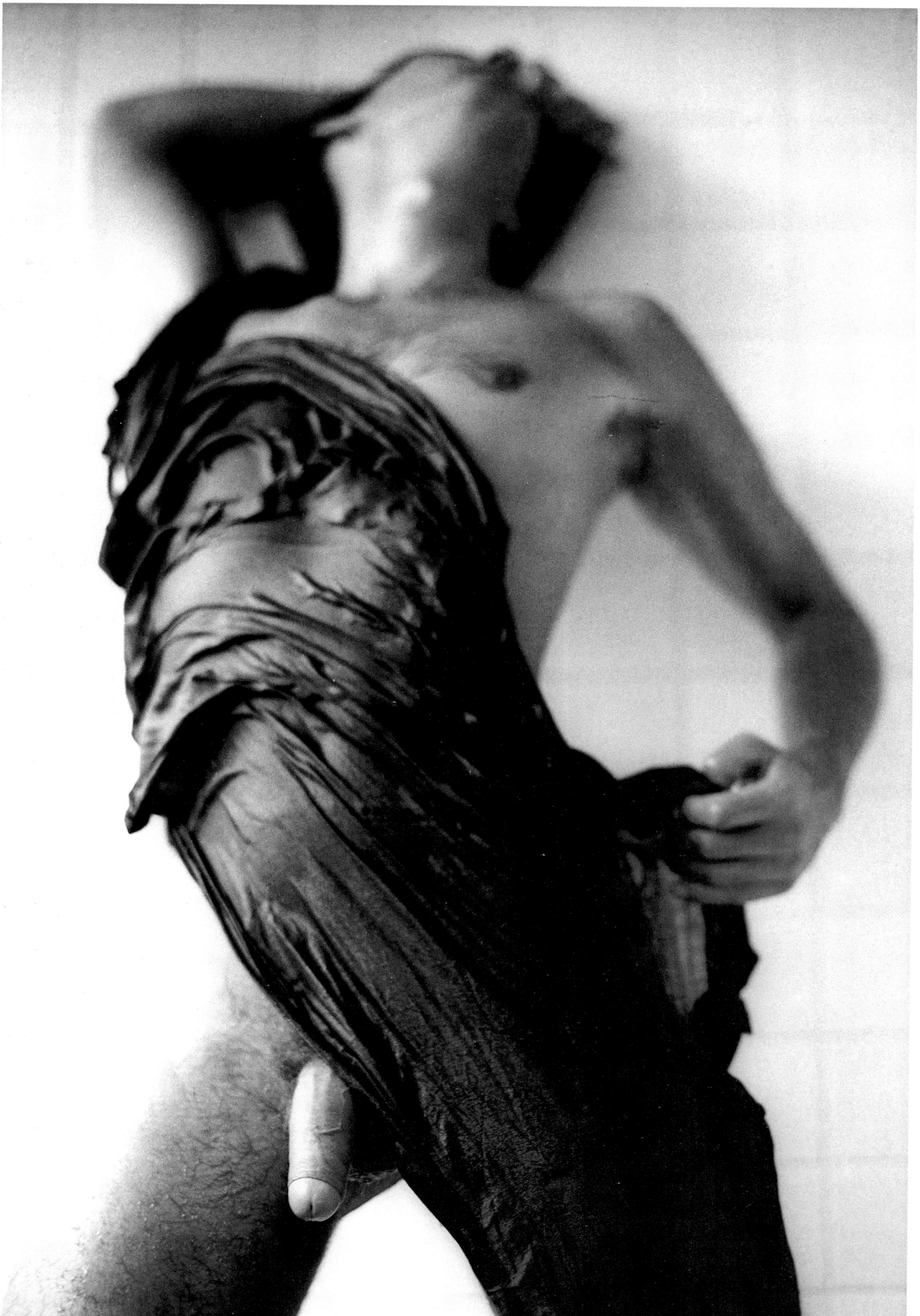

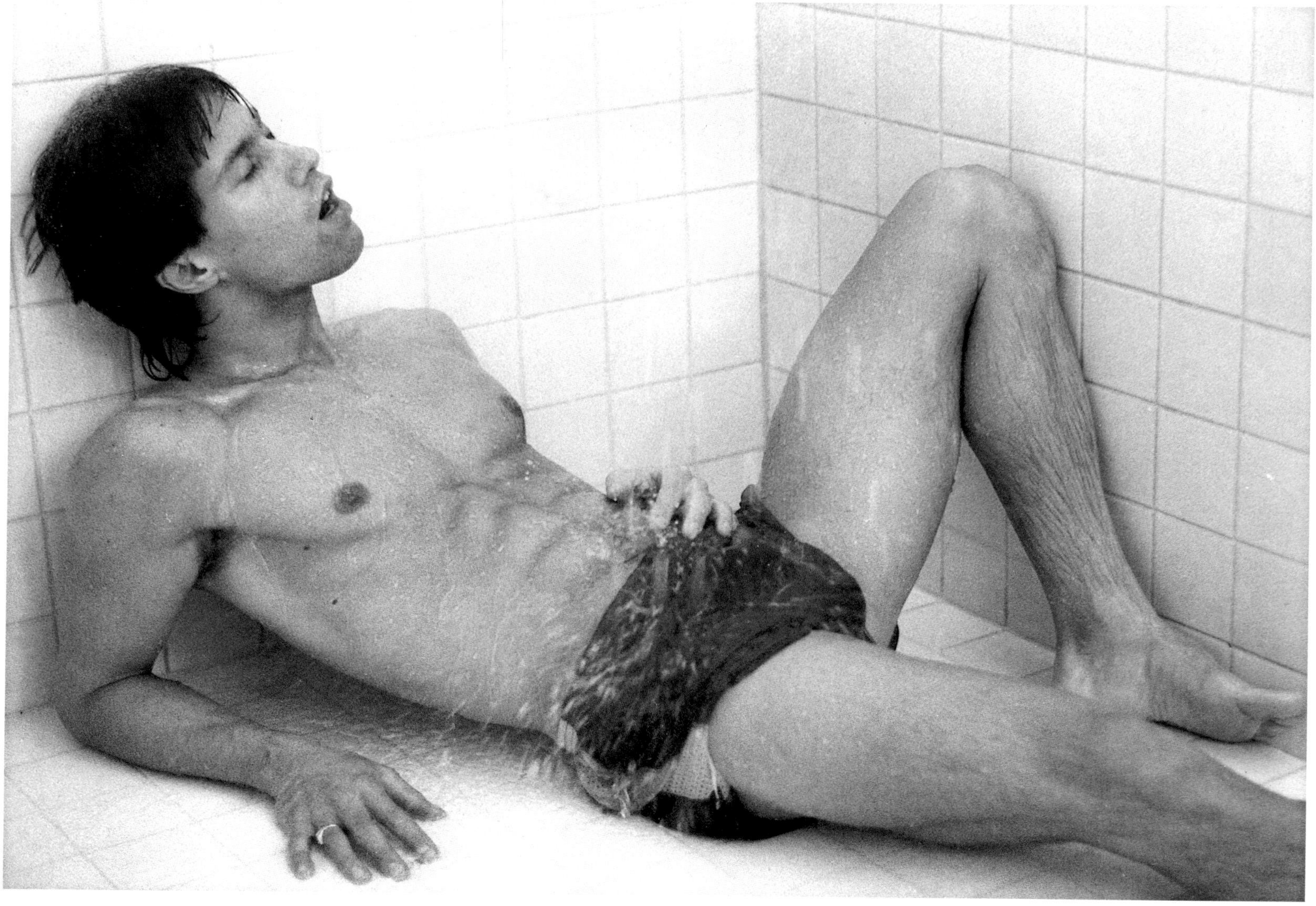

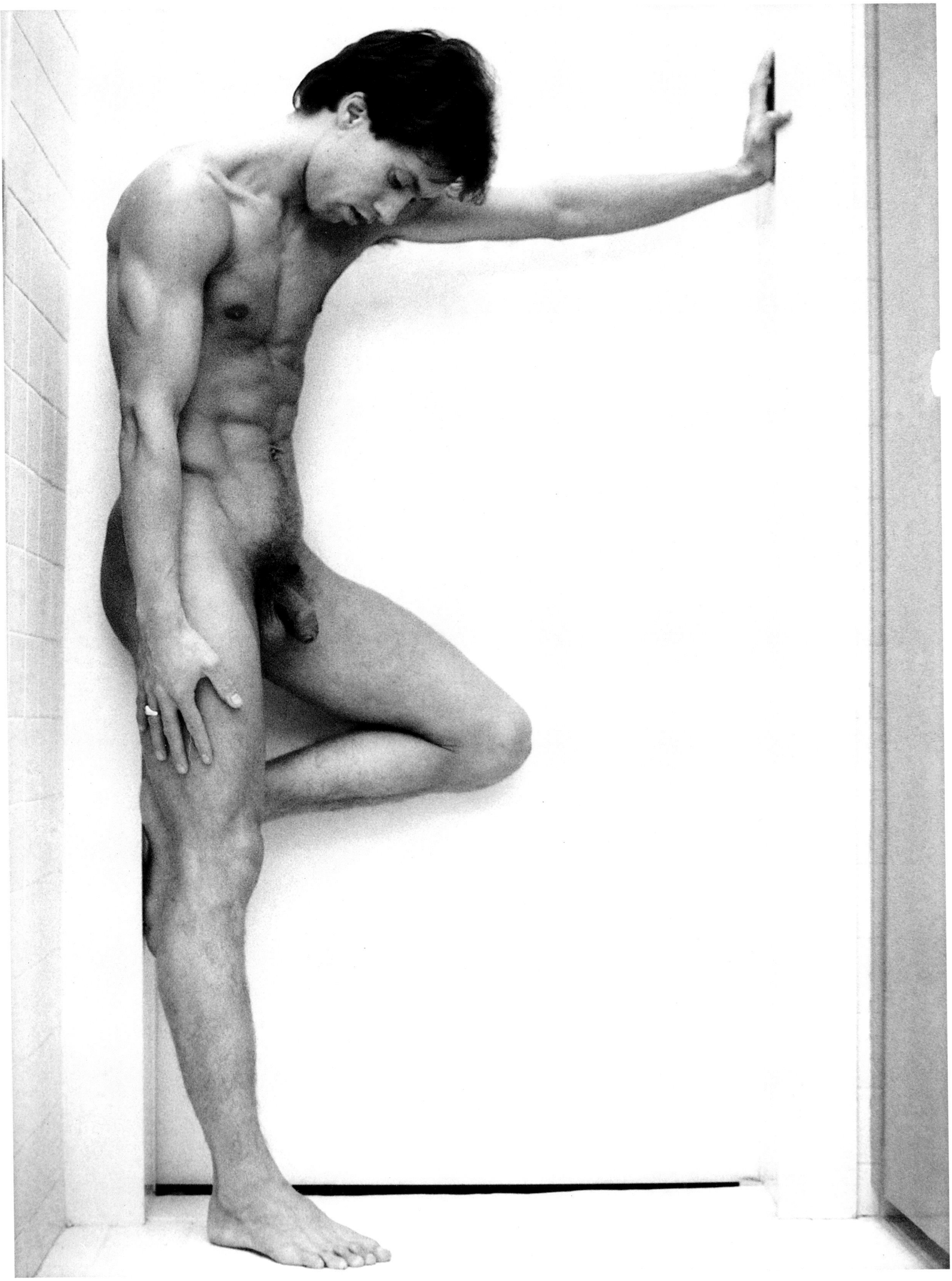

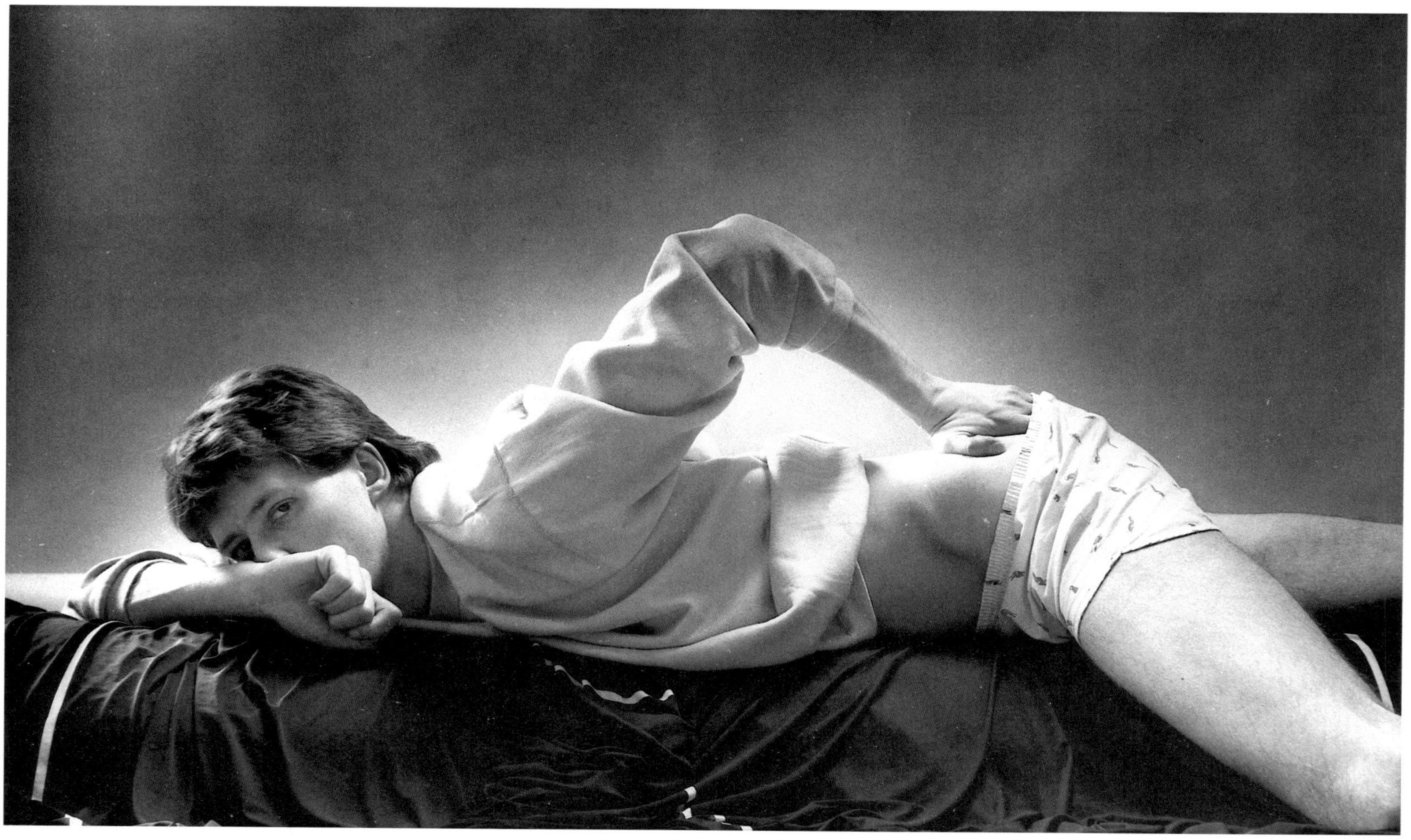

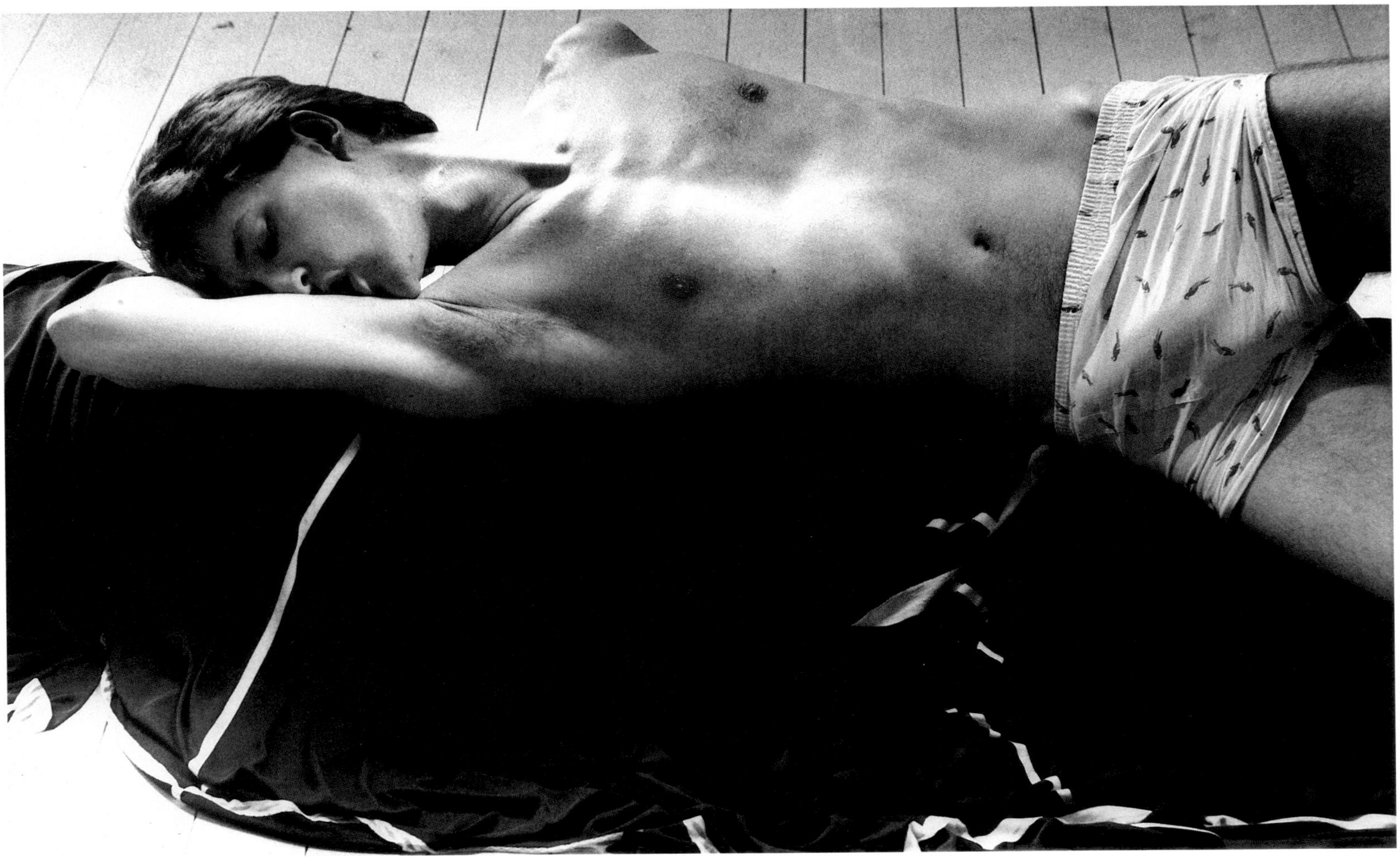

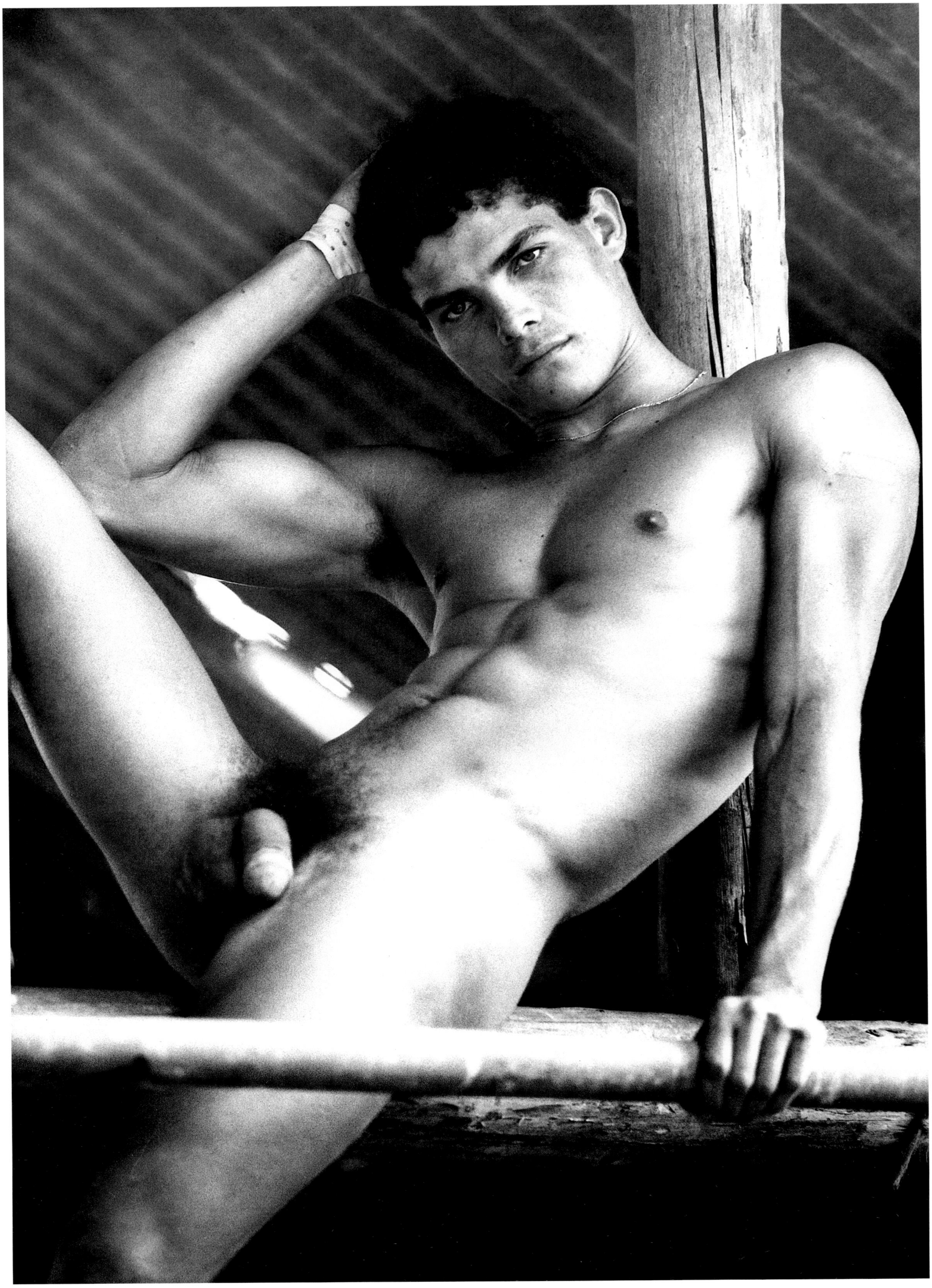

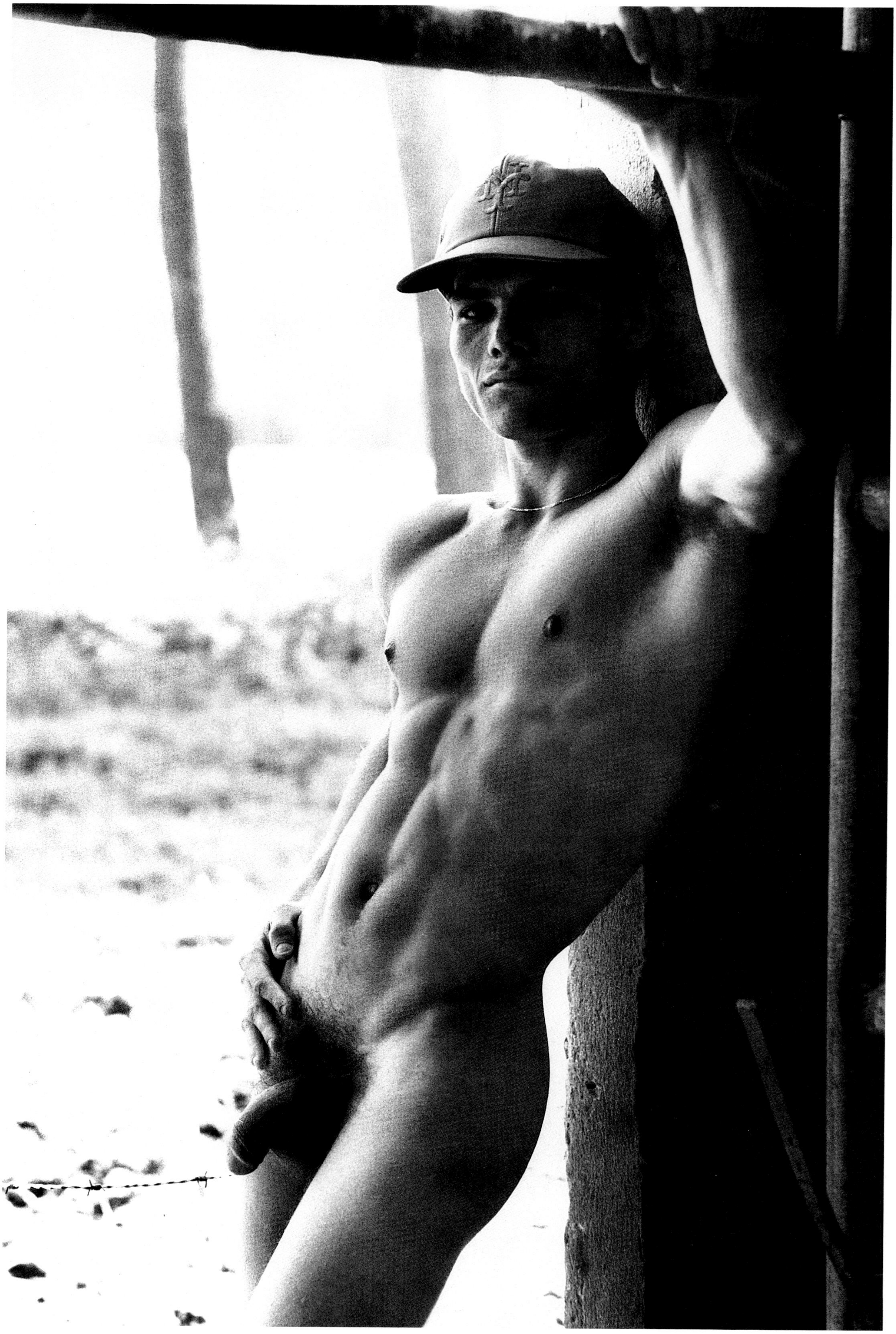

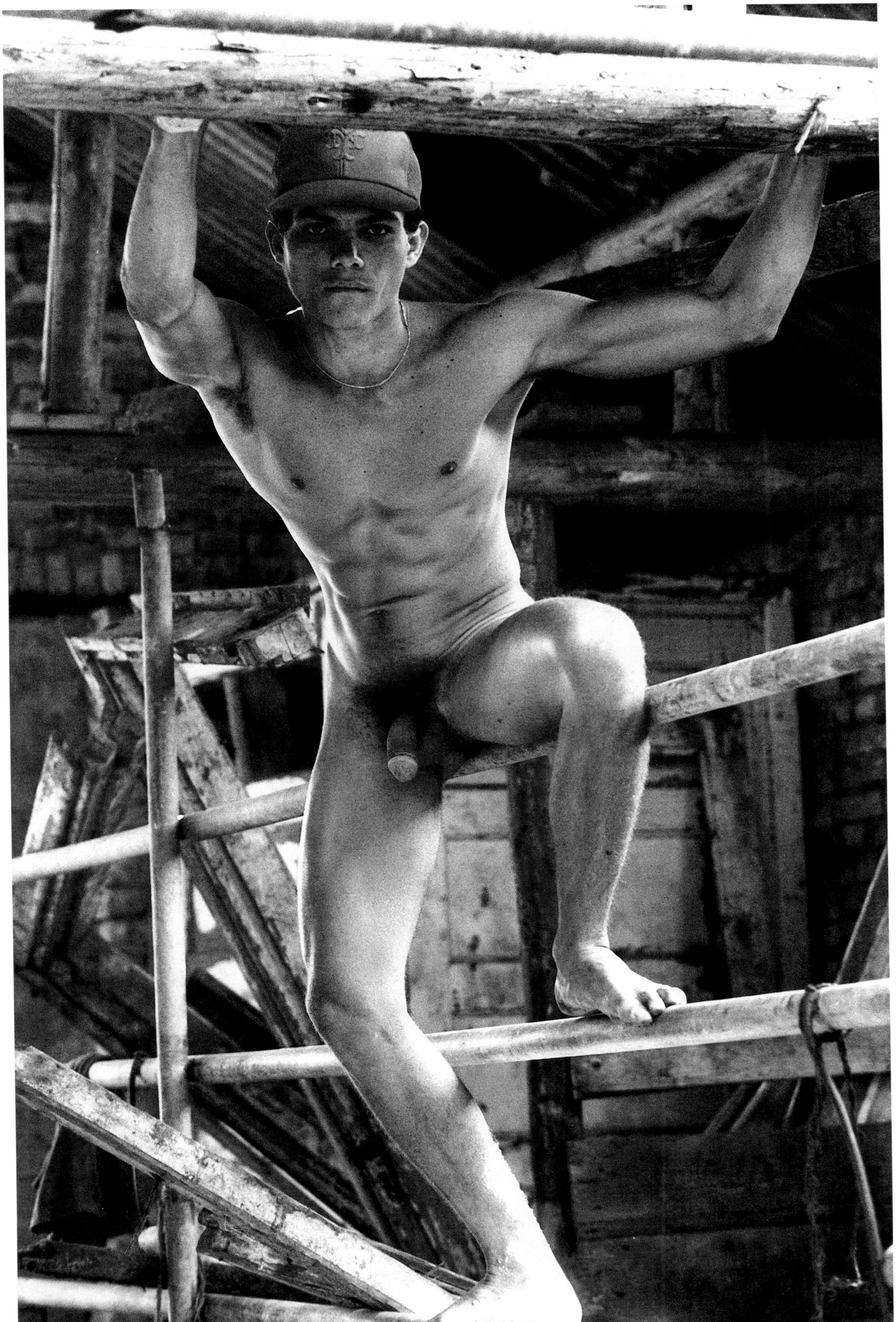

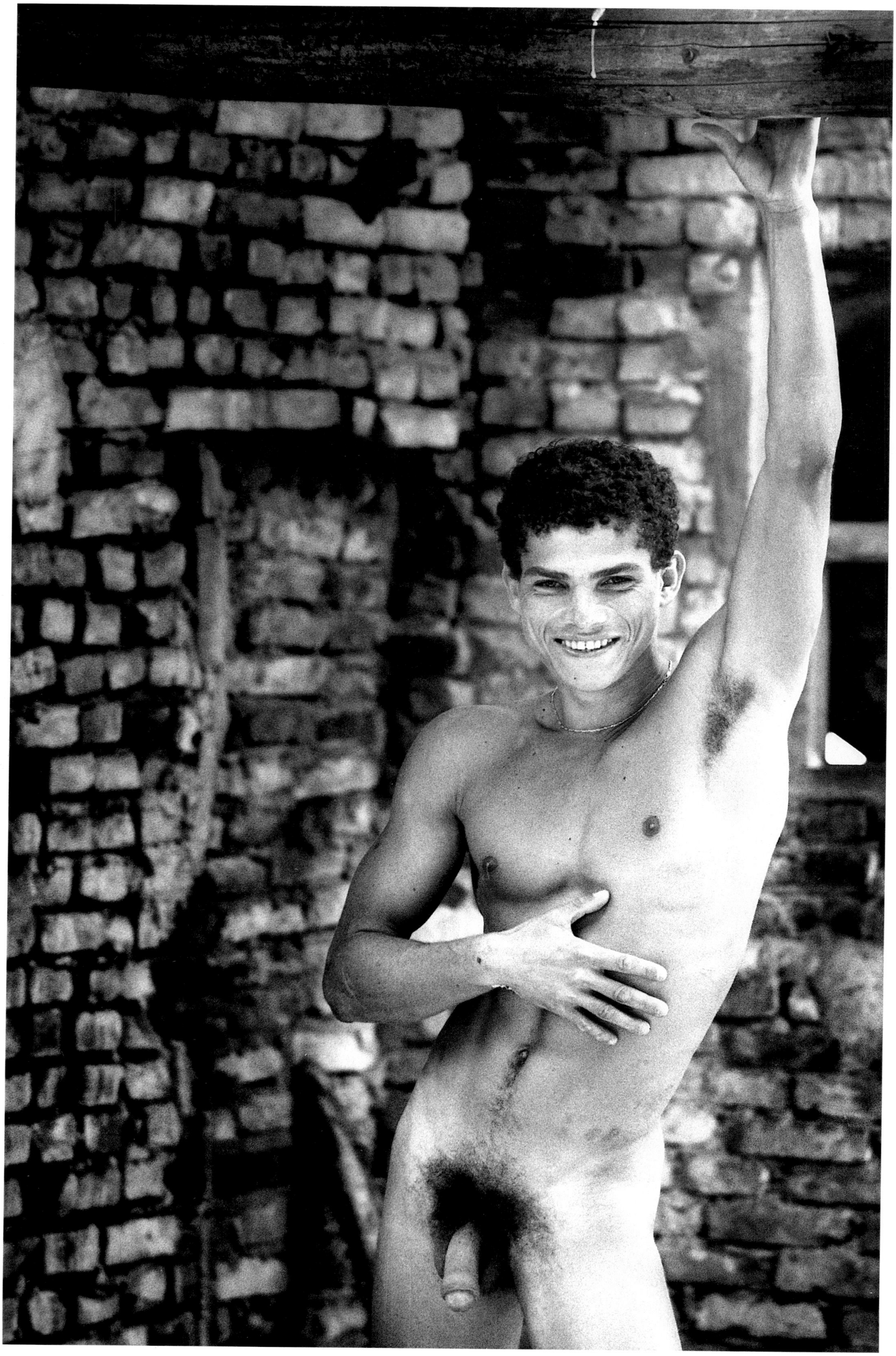

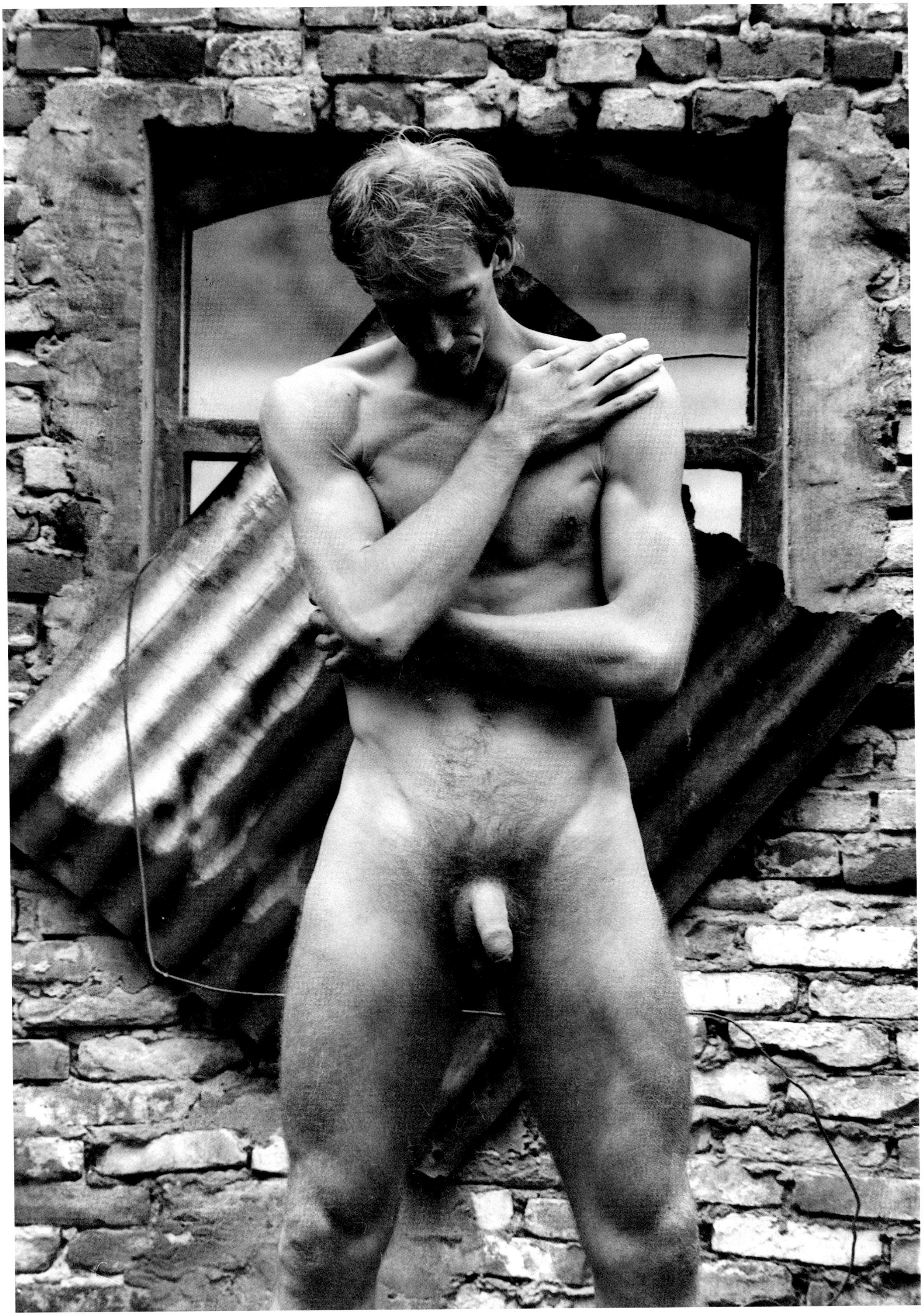

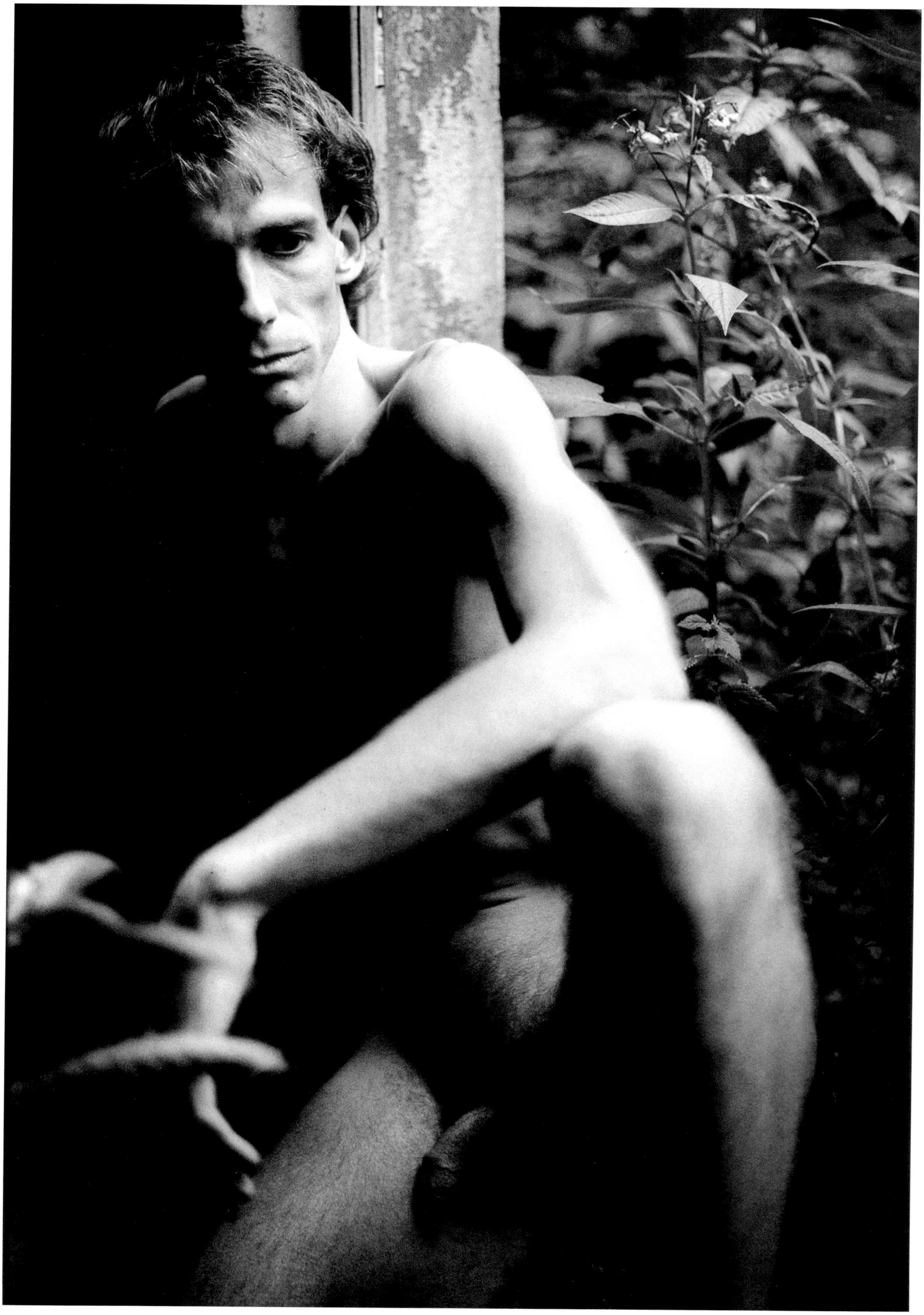

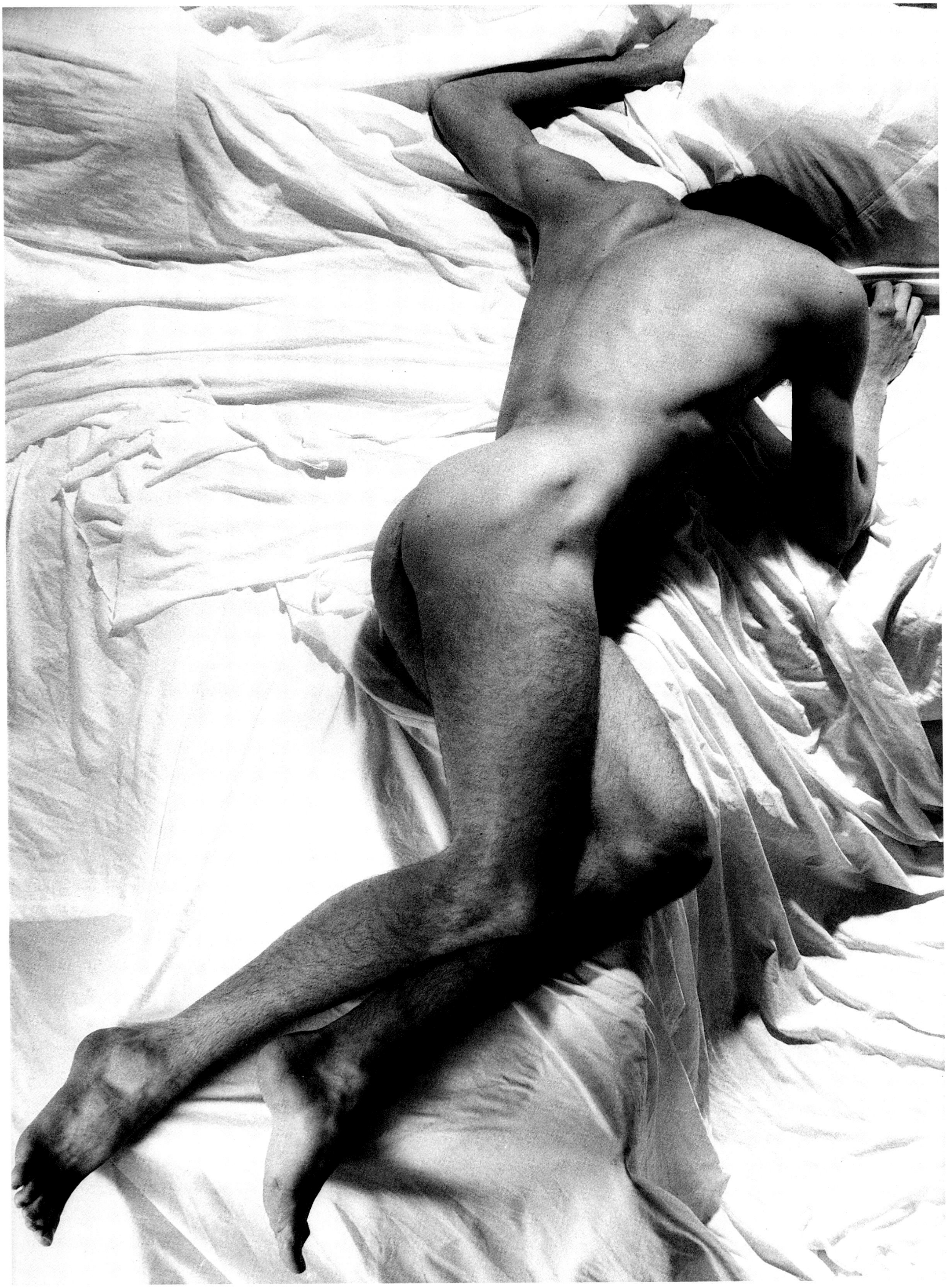

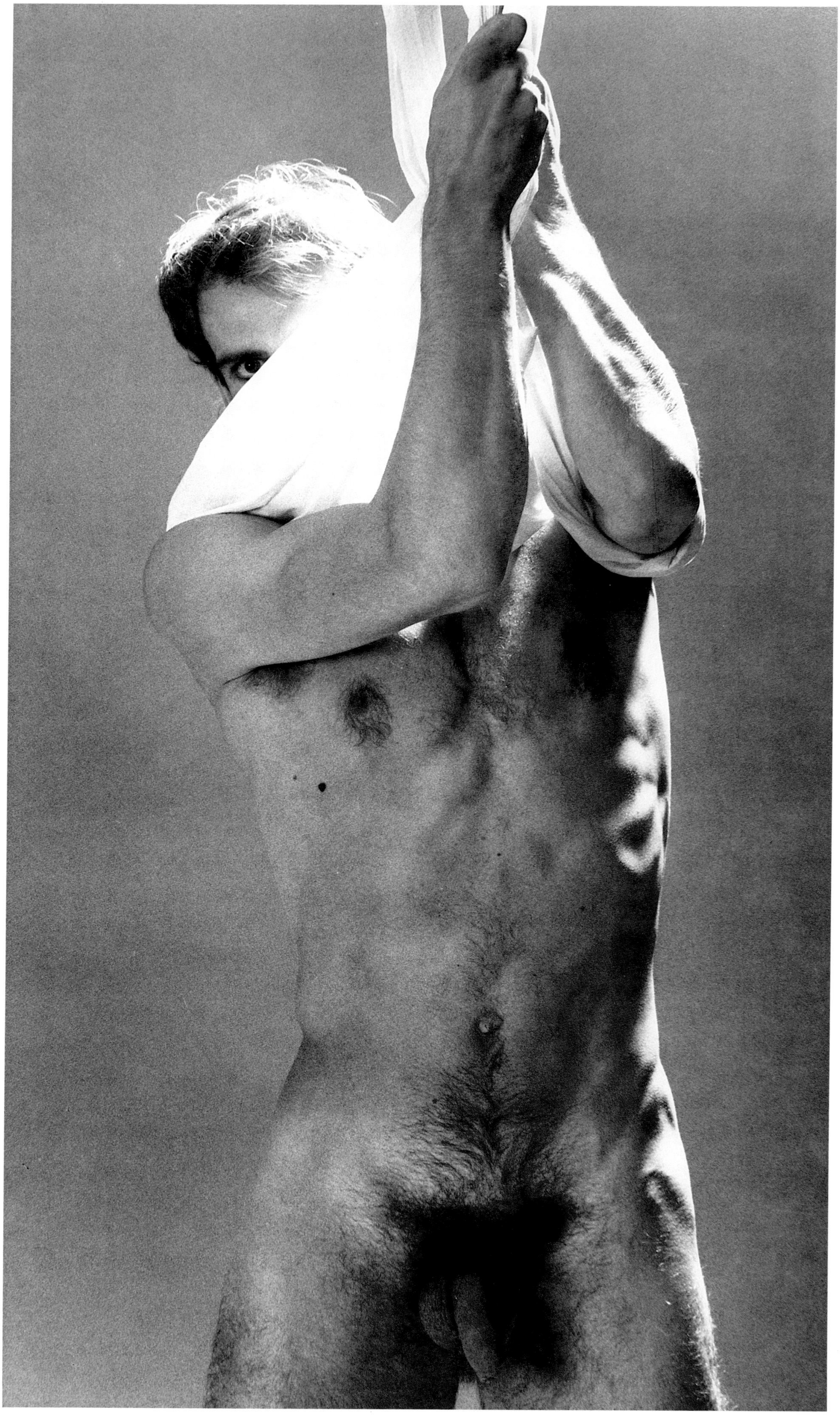

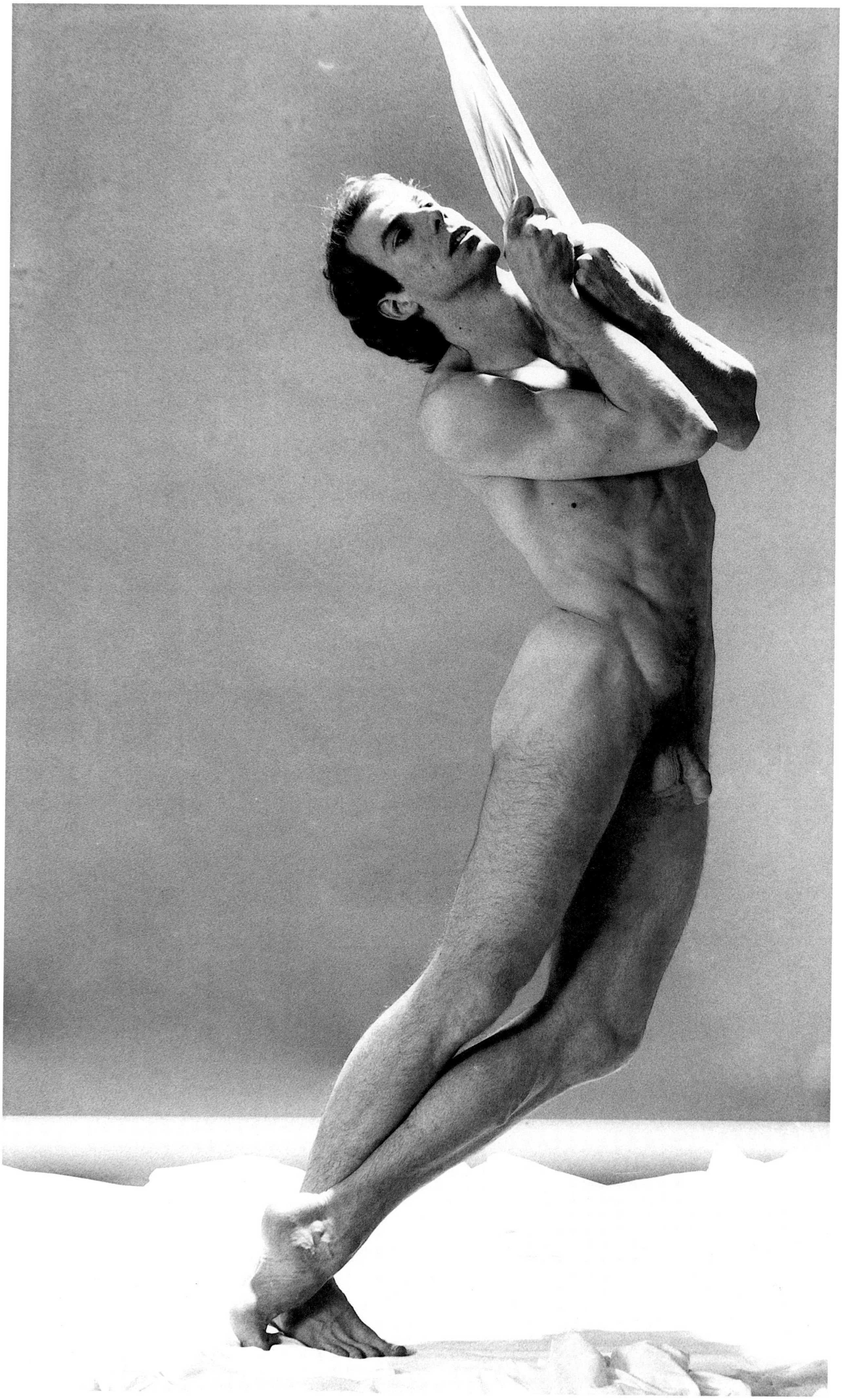

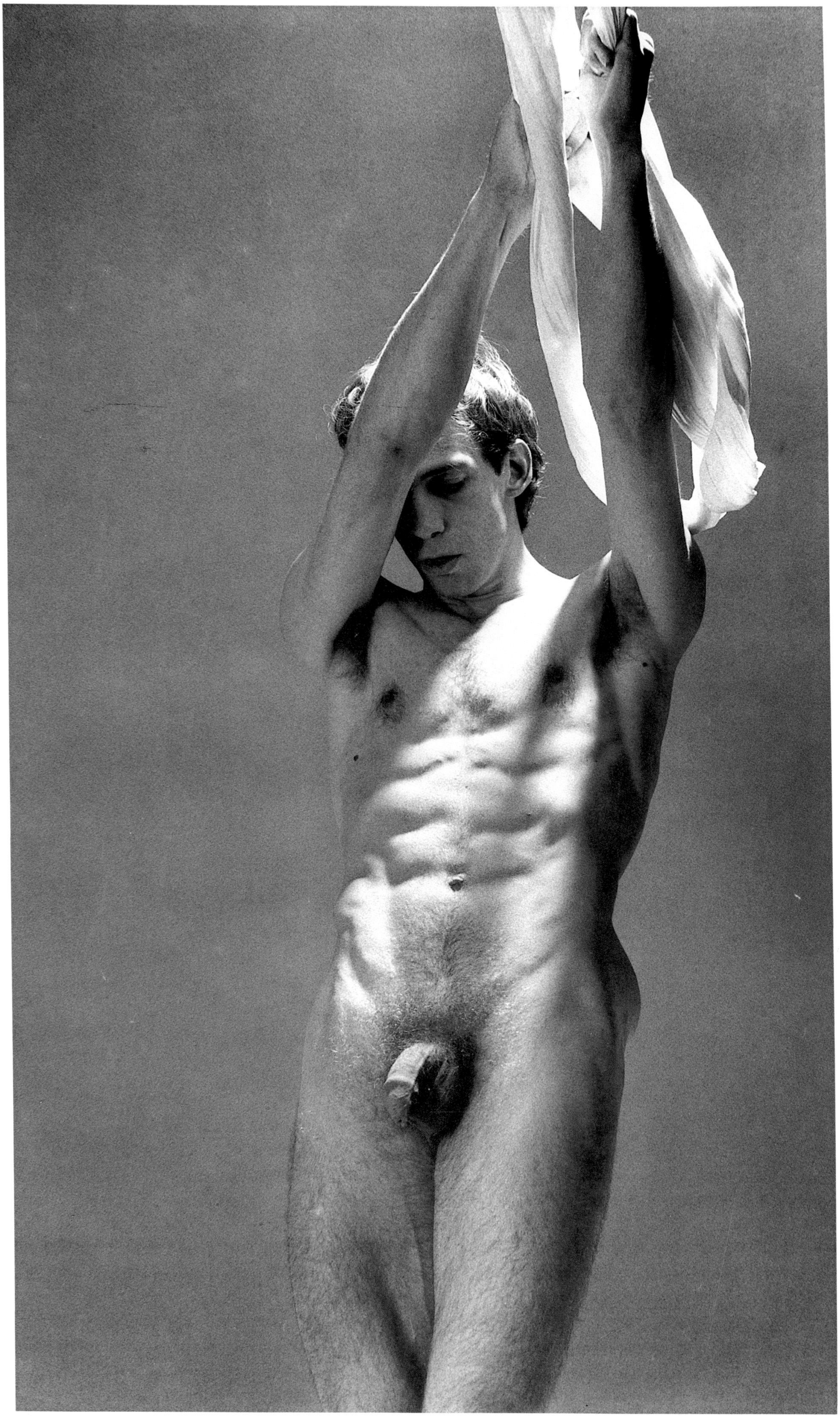

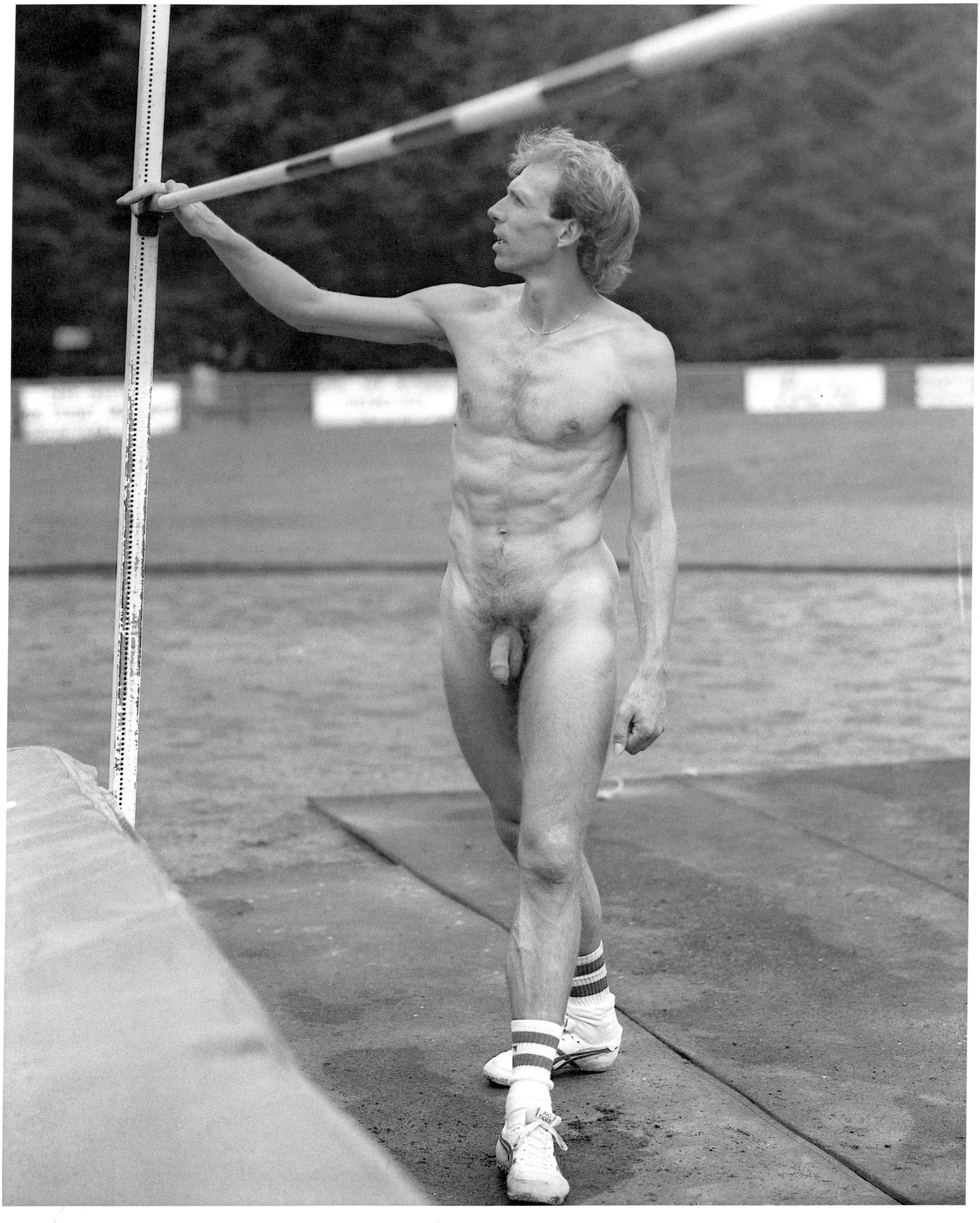